LA MAITRESSE DE MON FILS

PAR

E.-L. GUÉRIN.

Auteur des Nuits de Versailles, des Soirées de Trianon, du Testament d'un Gueux, du Marquis de Brunoy, de Magdeleine repentie, des Dames de la Cour, de la Princesse Lamballe, de la Loge et le Salon, etc.

I

C. L.

PARIS
C. Lachapelle, éditeur,
RUE SAINT-JACQUES, 38.
1840.

LA MAITRESSE

DE MON FILS.

Nouvelles Publications à Prix net.

Dominique Mondo.

LA MORT D'UN ROI, roman historique, 2 vol. in-8.	10 fr.

G. Touchard-Lafosse

LES RÊVERBÈRES, Chroniques de Nuit du vieux et du nouveau Paris, 6 vol. in-8.	30
LE CAPORAL VERNER ET LE GÉNÉRAL GARNISON, 2 vol. in-8.	10
CHRONIQUES DES TUILLERIES ET DU LUXEMBOURG, 4 vol. in-8.	20
MÉMOIRES D'UN FROTTEUR, suite des Chroniques des Tuilleries, sur la cour de Louis XVIII et de Charles X, 2 vol. in-8.	10
MARTHE LA LYVONIENNE, 2 vol. in-8.	10
LE BOSQUET DE ROMAINVILLE, 2 vol. in-8.	10
RODOLPHE ou A MOI LA FORTUNE, 2 vol. in-8.	10
LES AMOURS D'UN POÈTE, 2 vol. in-8.	10
LES JOLIES FILLES, 2 vol. in-8.	10

E.-L. Guérin.

MADAME DE PARABÈRE, 2 vol. in-8.	10
LES NUITS DE VERSAILLES, 4 vol.	20
LES SOIRÉES DE TRIANON, 2 vol. in-8.	10
LES DAMES DE LA COUR, 2 vol. in-8.	10
UNE DAME DE L'OPÉRA, 2 vol. in-8.	10
LA PRINCESSE LAMBALE ET MADAME DE POLIGNAC, 2 vol. in-8.	10
LE MARQUIS DE BRUNOY, 2 vol. in-8.	10
LE TESTAMENT D'UN GUEUX, 2 vol. in-8.	10
UNE FILLE DU PEUPLE ET UNE DEMOISELLE DU MONDE, 2 vol. in-8.	10
LE MARI DE LA REINE, 2 vol. in-8.	10
LE SERGENT DE VILLE, 2 vol. in-8.	10
LES DEUX CARTOUCHES, 4 vol. in-12.	6
L'IMPRIMEUR ou LES MAUVAIS CONSEILS, 5 vol. in-12.	7

Maximilien Perrin.

LE MARI DE LA COMÉDIENNE, 3 vol. in-8.	11
L'AMANT DE MA FEMME, 2 vol. in-8.	10
LA DEMOISELLE DE LA CONFRÉRIE, 2 vol. in-8.	10
LA SERVANTE MAITRESSE, 2 v. in-8.	10
LA GRANDE DAME ET LA JEUNE FILLE, 2 v. in-8.	10
LA FILLE DE L'INVALIDE, 2 vol. in-8.	10
LA FEMME ET LA MAITRESSE, 4 vol in-12	6
SOIRÉES D'UNE GRISETTE, 4 vol in-12.	6

Auguste Ricard.

LA CHAUSSÉE D'ANTIN, ou HISTOIRE DU MARQUIS DE SAINTE-SUZANNE, 2 vol. in-8.	10
NI L'UN NI L'AUTRE, 2 vol in-8.	10
LA STATUE DE LA VIERGE, 2 vol. in-8.	10
COMME ON GATE SA VIE, 5 vol in-12.	7
JADIS ET AUJOURD'HUI, 2 vol. in-8.	10

Imprimerie de Jacquin, à Fontainebleau.

LA

MAITRESSE

DE MON FILS

PAR

E.-L. GUÉRIN

Auteur des Nuits de Versailles, Soirées de Trianon, du Testament d'un Gueux, du Marquis de Bruney, de Magdeleine repentie, etc.

I.

E. L.

PARIS.
CHARLES LACHAPELLE, ÉDITEUR,
RUE SAINT-JACQUES, 38.

1840.

LA CHANTEUSE.

PREMIÈRE PARTIE.

Les cœurs remplis d'ambition
Sont sans foi, sans honneur, et sans affection.
Occupés seulement de l'esprit qui les guide,
Ils n'ont de l'amitié que le masque perfide ;
Prodigues de sermens, avares des effets,
Le poison est caché même sous leurs bienfaits.

CRÉBILLON.

I.

EN VOYAGE.

Vers le mois de février de l'année 1776, une voiture de poste s'arrêtait devant l'hôtel des *Armes-de-France*, situé sur la place de l'Hôtel-de-Ville d'Orléans. Deux personnes en descendirent, en essayant de se garantir contre la bise glaciale qui donnait à cette partie de la ville un aspect morne et silencieux. Le maître de l'hôtellerie était venu recevoir les voyageurs, et il les introduisit dans une grande salle, suffisamment chauffée, en les saluant d'une foule de titres qui lui vinrent à l'esprit, et qui, d'après ses idées, devaient lui gagner les bonnes grâces des voyageurs.

Ceux-ci s'étaient approchés de la cheminée, et après quelques instans d'hésitation, ils se dépouillèrent des manteaux dans lesquels ils s'enveloppaient, et les jetèrent à leur hôte, qui, à sa grande surprise, aperçut une femme jeune et jolie, là où il n'avait soupçonné qu'un enfant. Son compagnon était un homme d'une taille avantageuse, à l'œil vif, étincelant, au geste impérieux; il se retourna vers l'hôtelier qui les examinait curieusement, et lui dit d'une voix brève :

— Préparez nos chambres, notre dîner; allez, faites diligence. — Et quand il se fut assuré que personne ne pouvait l'entendre, il revint s'asseoir près de sa compagne qui était restée plongée dans une rêverie profonde. — Séraphita, lui dit-il en la touchant légèrement sur le bras, afin de commander son attention, Séraphita, de sinistres pensées occupent votre esprit?

— Peut-être! répondit la jeune femme en souriant amèrement; puis, elle ajouta avec un soupir : Ce voyage est bien long!

— Dans deux jours nous serons à Paris, répondit son compagnon.

— Heureusement! murmura la jeune femme. Et elle se pencha nonchalamment vers la cheminée, et s'emparant d'une lourde paire de pincettes, qui se trouvaient placées de son côté, elle s'amusa à attiser le feu qui pétillait. Son compagnon suivait du regard tous ses mouvemens, et un léger signe de tête, un sourire ironique vinrent témoigner du mécontentement qu'il éprouvait. Il se leva et fit quelques pas dans la salle en se parlant à lui-même.

— Deux cents lieues environ, articula-t-il sourdement en fronçant le sourcil ; c'est ruineux!... et dans deux jours nous serons à Paris... Il y faudra faire figure ! Si le hasard ne nous fait pas rencontrer ce comte de Castellemar, ma foi ! je ne sais ce que nous deviendrons..... Oh ! mon beau seigneur ! vous paierez nos frais de voyage, ou foi d'Italien !...

Un domestique de l'hôtel entra pour annoncer aux voyageurs que leurs chambres étaient prêtes. L'Italien prit le bras de sa compagne, et ils traversèrent un grand couloir au fond duquel ils trouvèrent un escalier qui desservait les étages supérieurs. Au premier, le domestique s'arrêta et ouvrit une porte en disant :

— Voici l'antichambre !

— J'avais besoin de cet avertissement pour m'expliquer l'usage de cette pièce obscure, répliqua l'Italien en ricanant.

Ils pénétrèrent dans une chambre spacieuse, où l'on remarquait un lit à estrade, avec de grands rideaux de serge rouge qui allaient s'attacher à un baldaquin grossièrement sculpté et couvert d'une couche de vermillon qui faisait ressortir malheureusement la nuance passée des rideaux ; un assortiment de fauteuils, un bureau à cylindre avec des incrustations en cuivre, une armoire à battans et quelques vieux portraits à moitié effacés complétaient l'ameublement ; un feu vif, pétillant, brûlait dans la cheminée, auprès de laquelle se trouvait une porte recouverte d'un vieux morceau d'indienne que l'on surnommait dans l'hôtel la *portière à ramages;* en pressant un bouton de cuivre, on se trouvait dans une autre chambre, moins spacieuse que la précédente, mais aussi plus élégamment décorée.

L'ameublement avait quelque chose de coquet qui flattait la vue. Les tableaux qui garnissaient les murailles étaient richement encadrés ; une ottomane en drap, couleur bleu de ciel, occupait un des côtés de la chambre ; en face, se trouvait la cheminée ; le lit était richement tendu d'une étoffe à ramages, à laquelle la fastueuse marquise de Pompadour avait donné son nom ; la croisée ouvrait sur la place de l'Hôtel-de-Ville, et avait un balcon qui faisait saillie d'environ six pieds; enfin, il régnait dans l'arrangement de cette chambre un luxe qu'on n'était pas habitué à rencontrer dans ces maisons ouvertes au premier venu qui, moyennant un écu de six livres, achète le droit d'y séjourner vingt-quatre heures.

A peine l'Italien et sa compagne avaient-ils pris place auprès de la cheminée que leur hôte entra dans la chambre, le sourire sur les lèvres, la mine radieuse; toute sa personne exprimait le contentement, et il aborda ses nouveaux clients d'un air qui semblait dire :

— Vous devez être satisfait de la tenue de mon hôtel.

Mais au lieu d'un gracieux compliment auquel il s'attendait, il reçut un reproche sur sa lenteur à faire servir le dîner qui lui avait été commandé; il voulut s'excuser, mais l'Italien ne lui en laissa pas le temps; du geste il lui indiqua la porte.

— Sortez! ajouta-t-il durement.

— C'est un très grand seigneur, pensa l'hôtelier en se retirant tout confus de sa démarche; obéissons-lui promptement, je me rattrapperai du mal qu'il me donne sur sa dépense.

— Ainsi, dit Séraphita à son compagnon, après que l'hôtelier fut sorti, vous pensez, Fabiani, que nous devons rester ici jusqu'à demain?

— C'est mon avis, répondit l'Italien; tout-à-l'heure, je me suis rappelé une particularité qui peut nous aider à découvrir ce comte de Castellemar que nous venons chercher en France; parmi les lettres qui sont en notre pouvoir, il s'en trouve une écrite à Orléans; le comte a sans doute résidé dans cette ville, il y est peut-être connu, et avant de continuer notre voyage, je veux prendre des renseignemens à ce sujet. Le hasard peut nous servir; jusqu'à présent la chance ne nous a pas été favorable; nous avons visité tour-à-tour, et sans succès, Bordeaux, Châteauroux, Angoulême; et malgré mes démarches, il m'a été impossible d'apprendre, des intendans de ces provinces, si un comte de Castellemar résidait dans l'étendue de leurs gouvernemens. Orléans me donnera peut-être le mot de l'énigme que nous cherchons depuis dix mois.

— Plût à Dieu! dit Séraphita en soupirant.

Des valets entrèrent et servirent le dîner qui fut silencieux. Fabiani songeait à son projet, et Séraphita, qui paraissait subir avec peine la contrainte que ce voyage lui imposait, Séraphita appelait de tous ses vœux le jour qui la verrait à Paris. Après le dîner, Fabiani sortit, et alla se promener par la ville; la nuit était venue, et l'obscurité profonde qui régnait dans les rues, le vent qui soufflait avec violence, ne lui permirent pas de faire plusieurs visites dans lesquelles il espérait avoir des renseignemens sur l'homme qu'il cherchait; néanmoins, il ne voulut pas avoir fait une course infructueuse, et avant de rentrer à l'hôtel des *Armes-de-France*, il se dirigea vers la maison de ville, et demanda à parler au prévôt des marchands.

Son admission auprès de ce magistrat ne souffrit point de difficultés, et Fabiani fut bientôt introduit dans le cabinet de Jean Marcellin; c'était un vieillard aux cheveux blancs, à l'air noble et sévère tout à la fois;

depuis vingt années il exerçait sa charge à la satisfaction des échevins, et ceux-ci s'honoraient d'avoir à leur tête un magistrat de mœurs irréprochables et d'une probité, qui était le meilleur garant de son impartialité dans toutes les affaires soumises à sa juridiction.

Fabiani expliqua le but de sa visite très brièvement, et sans faire connaître les motifs qui lui faisaient désirer de rencontrer le comte de Castellemar; mais le prévôt des marchands, avant de répondre à sa demande, lui tint le discours suivant :

— Ce sont, je n'en doute pas, des renseignemens officieux que vous êtes venu chercher auprès de moi; car vous n'ignorez point, Monsieur, que mes fonctions se bornent à veiller aux intérêts de mes concitoyens, et non à réprimer les effets des mauvaises passions qui enfantent presque toujours les grands crimes. L'intérêt que vous attachez à savoir si le comte de Castellemar habite notre ville...

— Est naturel, interrompit Fabiani ; le comte a voyagé ; il a laissé des souvenirs de son séjour à Florence, et c'est pour les rappeler à sa mémoire que je suis venu en France ; le rang qu'il occupe à la cour, sa fortune, sa naissance surtout qui, m'a-t-on dit, est des plus illustres, me faisaient espérer que mes démarches ne seraient point vaines ; je me suis trompé, je le vois. Cependant, je suis certain qu'il a résidé dans cette ville, et je croyais trouver auprès des magistrats, sinon un appui que ma qualité d'étranger ne me permet pas de réclamer, du moins une bienveillance à laquelle le caractère français sait donner tant de prix.

Ce compliment obséquieux ne dérida point le front du prévôt des marchands ; et Fabiani, qui avait espéré le gagner par une flatterie, rompit brusquement un entretien dans lequel il n'apprenait rien et où on essayait de le faire parler ; il prit congé du magistrat orléanais, en regrettant, dit-il, d'avoir dérobé à la ville quelques instans d'un temps précieux, que son premier magistrat eût employé à concilier des intérêts plus importans.

— Mon titre d'étranger m'excusera, ajouta Fabiani en souriant ironiquement; il est permis d'ignorer les usages d'un pays qui n'est pas le sien. Puis, il sortit.

L'Italien Fabiani avait été chercher bien loin des renseignemens qu'il eût pu trouver à l'hôtel des *Armes-de-France ;* il lui suffisait, pour les obtenir, d'interroger l'hôtelier, maître Simon, le bavard le plus intré-pide de tout l'Orléanais; c'était une gazette vivante que ce Simon; rien de ce qui se faisait dans Orléans, et jusqu'à dix lieues à la ronde, ne pouvait échapper à ses curieuses investigations; il questionnait beaucoup, et employait le reste du temps à supposer et à former des conjectures, si bien qu'il était presque impossible de dire devant lui, sans être aussitôt interrompu :

— Vous ignorez, maître Simon, ce qui se passa l'an dernier à Noël?

Aussitôt, Simon s'écriait de sa voix qui lui servait à chanter au lutrin :

— Je sais ce que tu veux dire, garçon; je connais toutes les particularités de cette affaire.

Il les eût inventées plutôt que de paraître ignorer ce qu'on allait lui dire. On conçoit que l'Italien Fabiani ne pouvait manquer de trouver auprès d'un pareil homme ce qu'il eût vainement essayé de rencontrer ailleurs; c'est-à-dire, une espèce d'encyclopédie vivante de faits et d'événemens heureux ou malheureux.

Les premières paroles que Fabiani adressa à maître Simon firent deviner à celui-ci ce que l'Italien attendait de lui, et en hôtelier adroit, aussi bien qu'en bavard certain d'avoir rencontré un auditeur attentif, maître Simon prit un air capable, et après quelques instans de silence, il dit :

— Votre seigneurie a besoin de mes services.

— Vous avez deviné, mon hôte.

— J'attends vos ordres.

— Comment vous y prendriez-vous, maître Simon, si, arrivant dans une ville où vous n'y connaîtriez personne, il vous fallait cependant trouver quelqu'un qui y demeurait, qui peut-être y réside encore?

— Si la ville était grande, répondit Simon, j'irais de cabaret en cabaret demander l'homme que je voudrais trouver; et si je ne réussissais pas, je m'adresserais à toutes les boutiques de perruquiers, étuvistes et barbiers, et foi de Simon, si mes renseignemens étaient véritables, je recueillerais le fruit de mes démarches, car les corps d'état que je viens de citer à votre seigneurie ressemblent un peu à des échos: ils rendent ce qu'ils entendent.

— Mais vous, maître Simon, poursuivit Fabiani, ne pourriez-vous m'éviter la peine de courir les cabarets et les boutiques des barbiers d'Orléans?

— Si votre seigneurie le désire, c'est chose facile.

— Votre position sociale — et Fabiani appuya sur ce mot — votre situation dans cette ville, vous mettent à même de savoir bien des choses.....

— Ho! ho! ho! fit maître Simon en prenant un air modeste.

— De connaître les gens de distinction qui habitent ou qui ont habité Orléans, poursuivit Fabiani.

— Pour ceux qui y résident maintenant, je les connais tous, dit Simon; quant aux autres, si ça ne remonte pas à vingt ans...

— Deux ans au plus.

— Parlez, en ce cas, je connais votre homme.

— C'est un grand seigneur.

— Tant mieux, je pourrai y joindre quelques particularités utiles.

— Il se nomme de Castellemar, est comte, et fort riche à ce que je présume.

Simon prit un air réfléchi et se gratta le front en murmurant :

— Castellemar... Castellemar... diable de nom! serait-ce la première fois qu'il frappe mon oreille ?

Et il s'interrompit pour demander à Fabiani quel homme était ce comte de Castellemar.

— Etait-il vieux ou jeune ? dit maître Simon.

— Cinquante ans environ.

— Ses goûts?

— Dissipateur, fastueux.

— Son physique?

— Très bien conservé pour son âge; c'est une organisation puissante, un de ces hommes qui chaque jour deviennent plus rares.

— Où l'avez-vous connu, monseigneur?

— A Florence; il voyageait pour les affaires de son gouvernement.

— C'est un diplomate, reprit maître Simon; en suivant ce que j'entrevois, il a été assez adroit pour déguiser son nom, afin d'échapper aux conséquences fâcheuses de quelque liaison. Vous êtes marié? ajouta Simon en attachant sur Fabiani un regard scrutateur.

L'Italien ne répondit pas d'abord, puis, il s'écria en ricanant:

— Marié ou non, qu'importe! je tiens à mettre la main sur ce comte de Castellemar.

— Pour lui faire expier d'amoureuses peccadilles, continua maître Simon; eh bien, votre seigneurie doit renoncer à punir l'homme qu'il cherche, car c'est un être imaginaire; je ne connais point de comte de ce nom.

Et maître Simon articula cette dernière phrase d'un ton qui voulait dire: Vous pouvez me croire! Cependant, Fabiani ne parut pas convaincu, et il insista en disant que le comte de Castellemar avait habité Orléans, deux années avant; qu'une lettre écrite et datée de cette ville lui donnait cette certitude.

— Deux années! interrompit maître Simon en se frappant sur le front; et il venait de Florence... à la lettre qu'il écrivit, ne joignit-il pas un rouleau de cinquante louis?

— En effet, répondit Fabiani avec humeur.

— Oui, je me rappelle maintenant votre comte de Castellemar... un vieillard impérieux... hautain... il suait la noblesse par tous les pores... Il a séjourné quelques jours ici... dans cet hôtel... il habitait même la chambre du premier étage, celle qui donne sur la place, et qui est occupée maintenant par madame la marquise.....

Et Simon, qui tenait absolument à qualifier ses hôtes, Simon cherchait à lire dans les yeux de Fabiani si le titre de marquise était une dénomination qu'il pût accepter. L'Italien, afin de se débarrasser des indiscrètes questions de son hôte, répondit négligemment :

— La marquise de Belmonti.

— Eh bien, monseigneur, votre comte de Castellemar est à Paris, ou plutôt à Versailles, ce nid des courtisans, qui viennent s'y réchauffer aux rayons de la toute-puissance royale; soleil vivifiant, comme l'a dit un des poëtes de cette ville, un charmant garçon; c'est mon neveu, qui a préféré barbouiller du papier, plutôt que de m'aider dans mes travaux... On assure qu'il ira loin... qu'il aura du génie même... en attendant, il meure de faim, et vient chaque semaine me gueuser quelques écus... Si monseigneur avait besoin d'un valet de chambre?

Fabiani fit un geste d'impatience, et articula sourdement quelques remercîmens; mais Simon ne le laissa pas s'éloigner; une idée venait de prendre naissance dans son cerveau ; il entrevoyait la possibilité de se débarrasser de son neveu ; pauvre diable dont le génie naissant ne le dédommageait pas des sacrifices qu'il faisait pour lui ; aussi maître Simon ne négligea rien pour rehausser le mérite du jeune poëte pour lequel il sollicitait une place de valet-de-chambre ; adroit et rusé, l'hôtelier fit intervenir dans son discours ce comte de Castellemar, que l'Italien cherchait, et sur lequel son neveu possédait, dit-il, de précieux renseignemens ; il fit tant, que Fabiani consentit à prendre à son service le poëte satirique d'Orléans ; il mit pour condition que son nouveau valet-de-chambre se tiendrait prêt à partir le lendemain matin.

Simon se rendit garant de l'exactitude de son neveu, et il accompagna Fabiani jusqu'à la porte de sa chambre, en l'accablant de complimens flatteurs, puis, il le laissa libre de se livrer au sommeil.

— J'ai réussi, se disait l'hôtelier en regagnant sa salle basse, Polycarpe ne viendra plus ici me contraindre à dénouer les cordons de ma bourse. Ah! mon drôle! vous vous avisez de rimailler, de faire le bel esprit, ce qui ne vous rapporte pas un écu vaillant, tandis qu'avec moins de génie, vous eussiez pu me succéder un jour, et devenir le maître de l'hôtel des *Armes-de-France!* Mais non, les madrigaux, les sonnets et les épîtres vous semblent préférables à la combinaison des meilleurs ragoûts; vous trouvez plus honorable de chercher une mauvaise rime que d'inventer une sauce succulente... A votre aise, cher Polycarpe; je me suis conduit jusqu'à ce jour en bon parent; grâce à moi, vous êtes placé... peut-être pas suivant vos goûts; mais enfin, monseigneur le marquis de Belmonti ne vous laissera manquer de rien... c'est un bon maître... aux apparences... que je crois riche... Tout l'indique... et... Si Polycarpe n'est pas enchanté de ce que j'ai fait pour lui, je le maudirai, je le déshériterai... je donnerai tout mon bien au clergé... et j'irai tout droit en paradis !

Et maître Simon, qui avait débité cette tirade en l'arrosant d'un vin qu'il gardait pour les bonnes occasions, Simon alla se coucher en chancelant et en répétant entre ses dents :

— Polycarpe! je te donne ma malédiction, si tu n'es pas satisfait de ta nouvelle condition.

II.

TROIS PERSONNAGES.

La première personne que maître Simon rencontra dans sa cour, le lendemain matin, fut son neveu Polycarpe qui venait, suivant son habitude, le mettre à contribution.

— Mon oncle, je vous donne le bonjour, dit Polycarpe en serrant la main de Simon dans les siennes.

— Vous n'êtes pas avare de souhaits, cher neveu, répondit Simon en toisant Polycarpe de la tête aux pieds ; je sais ce que coûte chacun de vos complimens : un écu pour le moins !

— Vous n'attribuez pas mes visites à un motif aussi intéressé, reprit Polycarpe ; l'homme de génie, le véritable poète ne saurait descendre à de vils calculs ; ses pensées sont épurées...

— Assez de phrases comme cela, neveu, dit brusquement Simon, je n'ai pas de temps à perdre, et je ne me soucie point de vous entendre débiter des sornettes.

— Cher oncle, mon temps est aussi précieux que le vôtre ; je travaille, dans ce moment à un poème...

— Qui ne vous rapportera pas un sou, interrompit Simon, et qui sera dévoré par les rats qui pullulent dans votre misérable galetas... Neveu Polycarpe, un garçon qui a du cœur ne saurait rester plus long-temps dans l'état d'abrutissement où vous semblez vous complaire.

— Mais, cher oncle...

— Cher neveu, je suis las, je dirai même que je suis honteux de vous voir traîner votre misère à travers les rues d'Orléans..... Par saint Nicolas, mon patron, votre conduite me fait du tort, me déconsidère, en un mot; on commence à me montrer au doigt, et à dire : Comment, Simon l'hôtelier; Simon, l'un de nos échevins — car je suis échevin, neveu Polycarpe—Simon laisse l'un des siens croupir dans la paresse...

— Ce sont des ignorans et des sots! s'écria Polycarpe en pâlissant de colère; ils n'estiment qu'un travail matériel; tout ce qui est intelligence, génie, talent, ils le méprisent... Brutes qu'ils sont!

— Mon neveu, je suis une de ces brutes là, moi; c'est avec des idées comme les miennes que j'ai amassé vingt mille écus.

— Et n'est-ce pas une honte, pour un homme aussi riche que vous l'êtes, d'avoir un neveu pauvre comme je le suis.

— A qui la faute? neveu Polycarpe.

— A vous seul, oncle Simon.

— Trève de discours! s'écria l'hôtelier d'une voix impérative; les instans sont précieux, prêtez-moi toute votre attention...

— Je vous écoute dans un silence respectueux.

— Et bien vous faites, neveu Polycarpe, continua Simon; un grand seigneur, un marquis italien, qui m'a fait l'honneur de venir loger dans mon hôtel, a bien voulu, sur ma recommandation, se charger de vous donner un emploi auprès de sa personne; j'ai pensé qu'il vous serait agréable de voyager, de voir Paris, Versailles; d'admirer les merveilles que nous ne connaissons que par des récits menteurs et souvent imparfaits; en un mot, neveu Polycarpe, c'est une bonne condition que le hasard m'a fait vous trouver, et j'espère que vous vous montrerez reconnaissant en vous y conduisant d'une manière exemplaire.

— Ce grand seigneur est riche? demanda Polycarpe.

— Très riche, répliqua Simon.

— Et c'est sans doute en qualité de secrétaire qu'il me prend ?

Simon ne voulut pas convenir qu'il avait été moins ambitieux pour sa parenté, et il répondit affirmativement à cette demande de Polycarpe, qui fit une amère censure des fonctions de secrétaire. C'était, suivant lui, une domesticité mal déguisée ; cependant, il consentait à remplir auprès du marquis italien l'emploi que son oncle lui procurait. Polycarpe ne paraissait point aussi enthousiasmé que Simon s'y attendait ; néanmoins ce dernier l'encouragea dans sa résolution, et pour achever de le décider, il lui donna vingt écus rognés, qu'un Juif n'eût pas voulu recevoir pour cinquante livres ; mais Polycarpe ne fit pas attention au soin que Simon prenait de lui choisir les écus qu'il tirait d'un grand sac de cuir; l'énormité du cadeau, cette générosité inattendue avaient bouleversé sa raison. Polycarpe se confondit en remercîmens, et prodigua à son oncle toutes les épithètes qui lui vinrent à l'esprit; heureusement qu'on vint chercher maître Simon pour régler ses comptes avec le marquis italien; Polycarpe resté seul, compta ses écus, les serra dans sa poche, en s'écriant :

— Destin! ne me fais plus la grimace!

Maître Simon remit à Fabiani son mémoire que celui-ci acquitta sans sourciller; ce qui fit regretter à l'hôtelier de n'avoir pas augmenté son total de quelques chiffres. Les chevaux avaient été attelés, le postillon était en selle, et quelques instans après, Fabiani descendait dans la cour en donnant le bras à Séraphita; Simon profita de ce moment pour présenter son neveu Polycarpe, auquel il avait donné un mauvais manteau de drap dont le pauvre poète s'enveloppait d'une façon tout-à-fait grotesque. Fabiani le toisa de la tête aux pieds, en murmurant :

— Le drôle a la mine piteuse et le sourire caffard ; il n'a peut-être servi que des gens d'église... il changera à mon service.

Et s'adressant à Simon qui s'était avancé:

— Il me convient, ajouta-t-il avec le ton de la protection ; s'il se conduit bien, il sera content de moi.

Puis, il aida sa compagne à prendre place dans la chaise de poste, et y monta ensuite. Polycarpe allait en faire autant, lorsque Fabiani, attirant la portière qui se referma, lui dit, en montrant le siége du cocher :

— Votre place est là, mon ami !

Polycarpe fit un saut en arrière; il lui semblait malséant qu'un secrétaire fût exposé aux intempéries de la saison, à la pluie, au vent, à la grêle; maître Simon, qui devina ce qui se passait dans l'ame de son neveu, le prit à part pour lui dire :

— Polycarpe, les Italiens ont l'ame fière; celui-ci a de plus une jolie femme, des chagrins particuliers, et le besoin d'être seul; tu comprends, qu'il ne peut admettre un étranger dans sa confidence.

— Un secrétaire n'est pas un étranger, répliqua Polycarpe avec humeur.

Le cri : En route! proféré par Fabiani, fit cesser toutes les incertitudes de Polycarpe qui grimpa, non sans beaucoup de peines et d'efforts, à la place qui lui était réservée. Les chevaux hennirent, le postillon décrivit un arc de cercle avec son fouet, maître Simon salua jusqu'à terre le marquis et sa compagne, tandis que Polycarpe, juché sur son siége, marmottait entre ses dents :

Adieu! berceau de mon enfance!

La chaise de poste partit avec la rapidité d'une flèche; un quart d'heure après sa sortie de l'hôtel des *Armes-de-France*, elle roulait sur la grand'route.

— Nous ne nous arrêterons qu'à Paris, dit Fabiani à sa compagne; c'est un peu de fatigue à supporter, mais vous en aurez le courage; d'ailleurs, il le faut.

Séraphita répondit par un léger signe de tête, et se rejeta dans le coin de la voiture, en fredonnant un gai refrain. Fabiani ouvrit des tablettes, et se mit à lire attentivement ce qu'il y avait d'écrit. Nous profiterons de ce moment pour esquisser nos trois personnages.

La compagne de Fabiani est petite, brune de peau; ses cheveux et ses sourcils sont d'un noir d'ébène; son œil est vif, étincelant, et donne par instant à sa physionomie quelque chose de grave et de majestueux; toutefois son visage a une expression de mutinerie et de dédain; son sourire, qui laisse apercevoir de fort belles dents, est hautain, ironique : il y a comme un sarcasme dans les plis de sa bouche; Séraphita a un peu d'embonpoint, sa main est rondelette, grasse; son pied semble un peu grand pour la petitesse de la personne qu'il supporte; en un mot, Séraphita n'est point une de ces créatures frêles, beautés idéales qui n'appartiennent point à la terre; elle a du sang italien dans les veines et de la passion dans tous les mouvemens; Séraphita possède en outre une voix magnifique, harmonieuse, vibrante; son éducation musicale a été faite par l'organiste de Sainte-Marie-Majeure de Florence, un véritable artiste qui s'est plu à cultiver les dispositions naissantes de la jeune fille, dont il a fait une grande artiste.

Aussi, il était fier de son élève, le signor Mariani; avec quelle joie, quelle ivresse il l'entendit chanter, pour la première fois, dans l'imposante cathédrale, une hymne sacrée qu'il avait composée; son triomphe fut complet; car de toutes parts il entendit qu'on disait : Mariani est non-seulement un habile organiste, mais c'est encore un excellent maître.

Mais hélas! le signor Mariani ne put jouir long-temps des succès éclatans obtenus par son élève; un rival jaloux, un organiste obseur l'attendit un soir dans une rue écartée, et lui plongea son stylet dans la poitrine. Mariani tomba sans proférer une parole ; et son cadavre, qui fut trouvé le lendemain, vint révéler à la police un nouvel acte de vengeance qui, comme tant d'autres, demeura impuni.

Séraphita pleura quelques jours la mort de son maître ; mais l'inconstance de son caractère, la mobilité de ses idées, et surtout un engagement qui l'attirait à Naples, lui firent bientôt oublier l'organiste de Sainte Marie-Majeure ; l'artiste se consola bien vite aux bruits des applaudissemens ; et cet encens, que ses admirateurs lui prodiguaient chaque jour, ces louanges, dont elle était l'objet, ne lui rappelèrent que bien rarement la cause première de son bonheur : le signor Mariani.

La reconnaissance est un sentiment qui

tient bien peu de place dans nos âmes!

Fabiani, cet Italien qui accompagnait Séraphita, était un de ces hommes dont l'aspect en impose à la multitude; il était d'une haute stature; sa figure, sur laquelle venait se refléter une à une toutes les passions qui agitaient son ame, offrait à l'observateur un sujet de méditation; une expression de fierté, que tempérait un sourire moqueur, animait continuellement des traits d'ailleurs fort expressifs; il avait le geste vif, la parole impérieuse, le regard interrogateur, alors même qu'il ne songeait point à lire sur votre visage l'effet de ses paroles; Fabiani comptait trente années, et la moitié de son existence s'était usée dans des plaisirs qui dessèchent l'ame et le cœur, rendent sceptique, railleur, et surtout peu scrupuleux sur les moyens de se procurer des jouissances sans lesquelles, alors, il est impossible de vivre.

A seize ans, Fabiani avait hérité de son père qui lui laissa, en mourant, assez de fortune pour vivre honnêtement; mais Fabiani, qui s'était vu long-temps maîtrisé par une volonté qu'il lui fallait respecter, Fabiani dissipa promptement un avoir amassé à grand peine; en quelques années, il se ruina. Alors, et grâce aux conseils de ses compagnons de débauches, il chercha dans le jeu les ressources qui lui manquaient. Dupe, pendant ses jours de bonheur et de folle joie, il devint fripon dans l'adversité; il tricha au jeu et gagna de grosses sommes qui lui servirent à faire figure, à briller. Ceci durait depuis quelques mois, lorsqu'un parent éloigné, un cousin, qui s'était livré à de fructueuses opérations commerciales, mourut sans tester; il laissait une fortune considérable ; et Fabiani, qui en fut instruit, se présenta pour recueillir une succession que personne ne songeait à lui disputer.

Cet héritage changea les idées de notre dissipateur; Fabiani avait acquis quelque peu d'expérience en gaspillant la fortune paternelle; fils d'un obscur joaillier de Naples, il voulut trancher du grand seigneur; il acheta un hôtel, des chevaux, des valets pour le servir, et un intendant pour le voler. Non content d'un train aussi fastueux, il chercha le moyen de se mettre en évidence, et d'attirer tous les regards sur lui.

Une jeune et jolie chanteuse venait de débuter au théâtre Saint-Charles ; il n'était bruit que de son talent prodigieux et de sa beauté ravissante; sa conquête était le but que se proposait le jeune Napolitain, tandis que les vieillards, gens réfléchis et d'expérience, faisaient offrir à la nouvelle cantatrice des dons plus capables, suivant eux, de la séduire. Hommages et offres brillantes, la chanteuse refusa tout dédaigneusement ; pressée de s'expliquer, elle le fit en présence d'une douzaine de ses adorateurs, qui s'étaient réunis un soir dans les coulisses du théâtre Saint-Charles.

— Mes seigneurs, leur dit-elle d'un ton de gravité qui contrastait avec l'enjouement de sa physionomie, je me trouve très honorée de vos hommages, mais je veux conserver ma liberté ; être indépendante est pour moi une seconde existence ; et en acceptant des propositions... que je ne veux pas qualifier, je me rendrais l'humble esclave de l'un de vous... Daignez permettre, mes seigneurs, qu'il en soit autrement.....

Séraphita, la chanteuse, veut rester digne de vos hommages et de votre admiration.

Cette déclaration, où l'orgueil perçait à chaque phrase, loin de désespérer les soupirans de la jolie cantatrice, ne fit qu'en augmenter le nombre; et parmi eux, Fabiani se distinguait surtout par son opiniâtreté à vouloir triompher des scrupules de Séraphita.

Il mit en œuvre, pour y parvenir, tout ce que la passion lui suggéra d'extravagances propres à attendrir un cœur, mais celui de Séraphita fut insensible. Alors Fabiani, qui d'abord ne désirait que la possession d'une maîtresse, assez jolie pour la lui faire envier de tous ses amis, Fabiani se sentit véritablement amoureux de la chanteuse que tout Naples applaudissait, et dont on vantait les charmans attraits et l'esprit enjoué.

Ce ne fut plus chez Fabiani un calcul de séduction, un plan arrêté d'avance auquel il obéissait, certain d'arriver au résultat qu'il s'était promis d'avance ; Fabiani aimait; et tout entier à la passion qui le subjuguait, il n'avait plus qu'un désir, une pensée : il voulait voir Séraphita, la voir sans cesse, lui parler et s'énivrer de ses graces séduisantes, de son sourire enchanteur; toutes les occasions qui lui permettaient de se rapprocher de la jolie cantatrice étaient saisies avec empressement par Fabiani. Sa persévérance, la réserve de ses manières, et surtout la touchante mélancolie empreinte sur ses traits finirent par attirer l'attention de Séraphita, qui le distingua bientôt des galans seigneurs qui semblaient avoir pris à tâche de la fatiguer de leurs hommages et de l'offre de leur fortune.

Fabiani ne demandait ni ne proposait rien :

il adorait Séraphita comme une idole, et le culte qu'il lui rendait ne pouvait déplaire; car il était si respectueux, que la vertu la moins traitable n'aurait pu s'en offenser; aussi la jolie Séraphita eût-elle de tendres regards pour Fabiani; elle ne l'encourageait pas à lui déclarer sa flamme, mais elle lui laissait espérer qu'un jour viendrait où l'aveu de son amour lui serait agréable.

Notre Italien se berçait dans de douces espérances; l'amour-propre se trouvait satisfait, et il attendait patiemment que le temps des épreuves fût passé, car il s'était persuadé que Séraphita avait voulu l'éprouver et se convaincre de la sincérité de son amour.

Mais un soir qu'il se rendait au théâtre Saint Charles, pour y entendre sa future maîtresse, la charmante Séraphita, un homme, qui semblait l'attendre à la porte de son hôtel, vint à lui, et, le prenant à part, il lui glissa dans la main un billet, en disant :

— Lisez, mon cavalier, et ne parlez à personne du secret que vous allez apprendre, sinon... je me nomme Francesco le lazzarone; j'ai appris le métier de bravo à Venise; c'est assez vous dire que je connais le moyen de fermer la bouche à qui parle imprudemment; ne soyez pas celui-là, et que la sainte Vierge veille sur vous..... Adieu!

Et le lazzarone disparut, laissant Fabiani stupéfait de ce qu'il venait d'entendre, et très intrigué du billet qui contenait ce peu de mots :

« Ne te désespère pas, Fabiani; tes plain-

« tes et tes regrets ne serviraient à rien.
« Tu la reverras peut-être un jour, si Dieu
« le permet. »

Fabiani s'achemina vers le théâtre, en réfléchissant à la singularité du billet que le lazzarone lui avait remis, et en se demandant ce que signifiait ce style énigmatique auquel il ne comprenait rien.

L'explication ne se fit pas attendre.

Un groupe assez nombreux s'agitait devant la porte du théâtre, qui, au grand désappointement de la foule, était fermé. Les mots : enlèvement, rapt, circulaient de bouche en bouche. Fabiani interrogea les personnes qui l'entouraient, et il apprit que la cantatrice Séraphita ne chanterait pas le soir dans l'opéra nouveau, attendu qu'elle avait été enlevée. Le directeur, pour mettre sa responsabilité à couvert, faisait propager par ses domestiques la nouvelle de l'enlèvement, qui se trouvait en outre annoncée d'une manière assez piquante.

Sur un morceau de papier de grande dimension, on lisait les phrases suivantes, en lettres de trois pouces de hauteur :

Par suite de l'enlèvement de la prima dona Séraphita, le spectacle de ce soir n'aura pas lieu.

— Enlevée! s'écria Fabiani. Et sait-on quel est le ravisseur?

Cette demande demeura sans réponse, car tout le monde s'adressait la même question; et Fabiani, qui venait de trouver dans cet événement l'explication du billet énigmatique que le lazzarone lui avait glissé dans la main quelques instans avant, Fabient s'en retourna précipitamment à son hôtel, en maudissant le destin qui lui enlevait celle qu'il adorait.

Mais loin de se soumettre à ce qu'on exigeait de lui, il résolut et accomplit sur-le-champ un projet qui venait de prendre naissance dans son cerveau. En moins de deux jours, il congédia ses domestiques, renvoya son intendant, vendit ses chevaux, son hôtel, réalisa une somme assez forte pour lui permettre de voyager quelques années, et après avoir pris des arrangemens avec les banquiers napolitains qui étaient dépositaires de sa fortune, il quitta Naples, n'emmenant avec lui qu'un valet de louage qu'on lui procura dans une hôtellerie; car, en se séparant de ses autres domestiques, il avait voulu qu'on ignorât et sa résolution et le moment de son départ.

Il erra dans toutes les villes de l'Italie

pendant près de deux années, cherchant Séraphita et ne la trouvant pas. Il visita les principaux artistes musiciens, les chanteurs les plus renommés, interrogeant sans cesse, et n'obtenant jamais que cette réponse : Nous ne savons ce que vous voulez dire!

Dans toutes les villes où il séjourna, Fabiani se montra auditeur assidu des concerts, des représentations théâtrales ; il espérait toujours rencontrer Séraphita sous un nom supposé ; mais ses recherches ne furent point couronnées de succès; et après deux années employées à courir après son idole, il quittait la dernière ville dans laquelle il avait séjourné quelques jours, Florence, pour n'y jamais revenir.

A trois lieues de cette ville, et dans une misérable auberge, où il avait été contraint de s'arrêter pour se mettre à l'abri du plus violent orage qui ait jamais bouleversé la nature, Fabiani, qui se promenait à grands pas dans la salle des voyageurs, se vit accosté par un homme qu'il ne reconnut pas d'abord, par le soin qu'il prenait de dérober les traits de son visage sous un énorme feutre gris qui rabattait sur ses yeux.

— Te souviens-tu de Naples ? lui dit cet homme en l'attirant dans l'embrasure d'une fenêtre.

— Qui te fais croire que je connais cette ville? répliqua Fabiani en toisant son interlocuteur.

— Point de détour, mon cavalier ; réponds à ma demande avec franchise; ni toi ni moi n'avons de temps à perdre dans cette misérable bicoque.

— Naples ne m'a laissé aucun souvenir dont j'aie pu garder la mémoire.

— Ainsi, la cantatrice du théâtre Saint-Charles, la jolie Séraphita...

— Tu la connais!

Et Fabiani serra la main de l'inconnu en ajoutant :

— Ami, ou ennemi?

— Tous les deux, peut-être, répliqua brusquement l'étranger; cependant, je viens te demander un service. Pour le moment, tu le vois, nous sommes amis.

— Amitié intéressée, dit Fabiani en souriant ironiquement.

— Qu'importe! si tu peux en faire ton profit. Écoute : La signora Séraphita a besoin de ton appui ; victime d'une trahison infâme, elle compte sur toi pour la venger.

— Que ne te charges-tu de cette besogne, repartit Fabiani avec l'accent de l'ironie; car il venait de reconnaître dans son interlocuteur le lazzarone Francesco, le messager mystérieux auquel il devait la nouvelle de l'enlèvement de Séraphita.

— Chacun travaille suivant ses facultés, continua le lazzarone; mon bras exécute ce que l'on me commande. Quant à l'intelligence nécessaire pour concevoir, c'est une qualité qui me manque. Toi, tu la possèdes.

— De la flatterie!

— C'est l'opinion de la signora que je te rapporte.

— Au fait! que veut-elle de moi?

— Consens-tu à lui servir d'appui?

— Je ne m'engage point sans connaître l'étendue des obligations que je contracte.

— Ce billet t'en dira davantage.

Et le lazzarone Francesco remit à Fabiani une lettre de la signora Séraphita. Elle contenait ce qui suit :

« Seigneur,

« Victime d'une abominable trahison, « c'est à l'homme le plus généreux, à ce« lui qui m'a témoigné un amour vérita« ble que je m'adresse pour le supplier de « m'accorder une protection que j'ai eu l'in« gratitude ou plutôt la faiblesse de re« pousser ; car mon cœur ne fut qu'égaré,

« Fabiani; ma faible raison n'a pas su ré-
« sister au piége qu'on me tendit.

« Ah! pourquoi n'ai-je point accueilli un « hommage aussi pur que le vôtre! je n'au- « rais pas aujourd'hui à pleurer, à mau- « dire, à regretter!

« De la fenêtre de la chambre que j'oc- « cupe dans cette hôtellerie, je vous ai re- « connu, et cependant, depuis deux an- « nées, vos traits ont bien changé. Je me « suis accusé de vos souffrances, Fabiani; « et le chagrin que je lisais sur votre front « a été comme un reproche sanglant de ma « conduite envers vous.

« Mais on pardonne au repentir, et le « mien est sincère. Ce n'est point pour « venger un amour dédaigné que j'implore « votre assistance, mais pour punir le plus « perfide des hommes. Je vous en supplie, « Fabiani, ne repoussez pas ma prière! La

« malheureuse Séraphita n'a plus d'espoir
« qu'en vous ! Ne détruisez pas cette der-
« nière espérance, car elle en mourrait ! »

La lecture de ce billet jeta Fabiani dans une perplexité étrange ; le dépit, la colère lui conseillaient d'abandonner à elle-même une femme qui s'était fait un jeu de son amour et de ses tourmens; la passion qui le consumait, le désir qu'il éprouvait de se rapprocher de cette Séraphita, que, malgré sa perfidie, il adorait encore, lui criaient bien plus haut : Fabiani ! elle est malheureuse !

Sa résolution fut bientôt prise.

— Je la vengerai, se dit-il, et après je l'abandonnerai à ses remords; elle connaîtra l'homme dont elle a méprisé l'hommage.

Et s'adressant au lazzarone Francesco, il lui dit qu'il était prêt.

— Bien, répliqua celui-ci.

Et il sortit pour faire mettre les chevaux à la chaise de poste de la signora Séraphita. L'orage avait cessé depuis quelques minutes, aussi n'eut-il pas de peine à décider l'hôtelier à presser les préparatifs du départ. Quand tout fut prêt, Francesco rentra dans la salle où Fabiani l'attendait, et l'invita à le suivre. Ils montèrent chez la signora, qui reçut Fabiani comme un ami. Cet accueil étonna l'Italien, qui s'attendait à trouver une femme en proie au désespoir le plus violent.

— C'est sans doute la joie de me voir revenir à elle, pensa Fabiani.

Et son orgueil l'affermit dans cette persuasion. L'enjouement de Séraphita lui fit mal, car il croyait que la pauvre fille s'efforçait de dissimuler sa douleur et sa honte sous un air riant ; et, pour lui épargner une contrainte aussi pénible, Fabiani parla musique, chant ; il s'informa avec empressement des progrès que Séraphita avait pu faire, des succès qu'elle avait obtenus.

La conversation languissait cependant, lorsque le lazzarone Francesco, qui remplissait provisoirement les fonctions d'intendant de la cantatrice, vint annoncer que les chevaux étaient attelés. Séraphita congédia Francesco, et lui donna un témoignage de sa munificence; puis elle offrit sa main à Fabiani, et ils montèrent en chaise de poste, qui prit aussitôt la route de France. C'était dans ce pays que la jeune Italienne espérait rencontrer l'homme dont elle voulait tirer vengeance éclatante.

C'est ainsi que nous retrouvons, à Orléans, Fabiani en compagnie de Séraphita. Ils avaient visité tour-à-tour les villes du midi de la France, dans l'espoir d'y joindre le comte de Castellemar, que la cantatrice poursuivait. De bien faibles indices avaient guidé jusqu'alors nos voyageurs; en quittant brusquement Florence, Castellemar avait laissé à Séraphita des traces de la route qu'il parcourait : quelques lettres écrites et datées des principales villes du midi semblaient annoncer que le noble Français y remplissait des fonctions; car on ne pouvait supposer qu'un homme ait entrepris une course aussi vagabonde sans un but arrêté d'avance. Fabiani partagea entièrement l'opinion de Séraphita, lorsque, suivant l'itinéraire indiqué par chacune des lettres, ils avançaient de quinze lieues un jour, et retournaient bientôt en arrière; tantôt à l'occident et tantôt à l'orient.

Cette course aventureuse, ce voyage, qui ressemblait à une marche stratégique entreprise par un capitaine instructeur, se termina à Orléans, où un hôtelier bavard fit cesser les incertitudes de Fabiani, en lui indiquant et Versailles et Paris, comme étant les deux villes où il trouverait le noble seigneur qu'il cherchait.

Le troisième compagnon de voyage, le neveu de l'hôtelier bavard et curieux, le grand Polycarpe, bel esprit au petit pied, poëte de carrefour et de cabaret, était pâle et blême par suite d'abstinences forcées et de jeûnes involontaires; ignorant, quoique poëte, entêté et fier de son mérite, Polycarpe regardait en pitié quiconque ne possédait pas comme lui le don de rimailler de la prose boursoufflée, emphatique; il n'avait pour son oncle Simon qu'un sentiment de dédain; Simon prisait peu les vers, mais en revanche estimait fort les écus; il ne parlait pas toujours le français d'une manière satisfaisante, et l'écrivait encore plus mal; mais peu importait à Simon! l'essentiel était que ses mémoires fussent exactement payés, et, grace à une certaine fermeté qu'il savait montrer dans ces occasions-là, l'hôtelier Simon voyait toutes ses rentrées s'effectuer rapidement; aussi, son avoir s'augmentait il chaque jour; et lorsque Polycarpe, auquel il faisait un brillant tableau de sa situation, lui objectait qu'il serait plus sage d'employer quelques parcelles de l'or qu'il gagnait à s'instruire, Simon prenait son neveu par la main, le conduisait devant un trumeau, qu'ornait orgueilleusement l'espace réservé entre les deux croisées de la salle des voyageurs, et là, il lui disait, après l'avoir engagé à s'examiner quelques instans :

— Neveu Polycarpe, la maigreur de tes joues accuse ton imprévoyance; mon embonpoint témoigne de la prospérité de ma maison et de mon bien-être personnel; tes habits sont rapés, ton linge usé, rapiécé; en un mot, tu as toutes les allures d'un misérable gueux; mais tu as du génie, tu le crois, du moins, et cette persuasion te fait regarder avec un sentiment de pitié ceux qui, comme moi, n'en ont pas. Neveu, j'ai su amasser, vous ne savez que dissiper; d'où je conclus que, de nous deux, le plus sot, c'est vous.

Polycarpe haussait les épaules, murmurait entre ses dents quelques phrases inintelligibles, et l'entretien se terminait, d'ordinaire, par l'emprunt de quelques écus, qu'il promettait de rendre à son oncle sur le produit de la vente de son premier chef-d'œuvre.

A dix ans, Polycarpe avait perdu sa mère, qui n'avait pas toujours vécu en bonne intelligence avec son frère Simon, car l'hôtelier était dur, égoïste, et ne songeait qu'à lui; cependant, à la mort de sa sœur, qui était veuve depuis quelques années, Simon promit de se charger de l'éducation de son neveu.

Pour accomplir cette tâche difficile, il jeta les yeux sur un révérend père de la compagnie de Jésus, auquel il avait prêté différentes sommes au denier quinze, intérêt fort honnête, suivant le prêteur; quant à l'emprunteur, son opinion n'était point encore arrêtée au sujet du taux fixé, car il n'avait pas l'intention de rendre; or, l'argent ne lui paraissait pas trop cher. Simon avait deviné la loyauté du révérend père, et c'est pour rentrer dans ses avances, qu'il chargea son pieux débiteur de l'éducation de Polycarpe.

L'élève ne fit point honneur à son maître; il avait une aversion très prononcée pour le latin, peu de goût pour l'histoire et la géographie; en un mot, Polycarpe n'apprit rien sous la direction du disciple de Loyola, qui, désespérant de faire d'un ignorant un homme instruit, résigna ses fonctions, et déclara à l'hôtelier Simon qu'il voulait bien se contenter, pour ses honoraires, des avances qui lui avaient été fa tes.

Simon l'entendait bien ainsi, et il espérait même arracher aux griffes du révérend une partie de la somme qu'il lui avait prêtée; mais il fallut qu'il renonçât à ce projet; et, tout en regrettant que le révérend père eut manqué de patience, l'hôtelier s'occupa de mettre la dernière main à l'éducation de son neveu Polycarpe.

Dès le jour suivant, il lui fit endosser une veste blanche, coiffa sa tête d'un bonnet de coton, et le conduisit à la cuisine, en lui disant :

— Neveu, voici des fourneaux et des casseroles; désormais, ce seront les livres dans lesquels il te faudra étudier du matin au soir; essaye des sauces, gâte du beurre, je n'y tiens pas; je dirai plus : je t'y engage; mais invente ou perfectionne le noble métier de cuisinier; distingue-toi, et sois assuré que ton avenir fera envie à plus d'un courtaud de boutique.

Polycarpe gâta du beurre et des pièces de gibier ; il porta le désordre dans la cuisine la mieux organisée qu'il y eut à Orléans ; bref, il termina sa première journée de noviciat par un feu de joie, dans lequel sa veste blanche et son bonnet de coton figurèrent comme combustibles.

Cet auto-da-fé ne fut point du goût de l'hôtelier Simon, qui mit fort brutalement son neveu Polycarpe à la porte de sa maison, en l'accablant de reproches. Nous ne suivrons pas le pauvre diable pendant les huit années qui s'écoulèrent entre cet événement et son entrée au service de l'italien Fabiani. Il nous suffira de dire qu'il trouva quelques ressources en transcrivant des mémoires de marchands et des placets pour les solliciteurs. Plus tard, le goût de la littérature s'empara de lui ; il ne rêva plus que poésie ; il passait son temps à déclamer des vers, à apprendre des fragmens de tragédie. Ses pratiques, qui n'avaient pas les mêmes raisons que lui pour aimer la poésie, abandonnèrent son échoppe et allèrent chercher un écrivain moins enthousiaste et plus exact à s'acquitter de la besogne dont on le chargeait.

C'est ainsi que Polycarpe le poète vit ses habits et son crédit s'user; que la misère vint s'asseoir à son foyer, qu'il connut les privations. Ne sachant à qui s'adresser pour vivre, il retourna chez son oncle Simon, après avoir eu le soin de se faire précéder par une magnifique épître de deux cent soixante-dix vers, dans lesquels l'hôtelier des *Armes-de-France* était chanté, louangé, adulé!

Simon alluma sa pipe avec le chef-d'œuvre de son neveu, et lui fit donner deux écus par un marmiton, en recommandant à ce dernier de dire à Polycarpe qu'à la première occasion il se montrerait moins généreux.

C'était à se briser le crâne sur une borne, ou à mesurer les profondeurs de la Loire; mais Polycarpe, qui se croyait poète, n'était pas doué d'une imagination passionnée; il raisonnait assez froidement, tout ce qui lui arrivait d'heureux ou de malheureux, et, dans cette occasion, il se contenta de maudire la dureté de son oncle, et d'attribuer à son ignorance l'accueil qu'il avait fait à son épître.

A quelques jours de là, pressé par la faim, Polycarpe recopia sa fameuse épître, à laquelle il ne changea que le titre. La première portait : *A Maître Simon, l'hôtelier!* sur la seconde, on lisait : *Au meilleur des oncles, un neveu reconnaissant.*

Faut-il l'avouer? Simon se trouvait dans une disposition d'esprit toute différente que la première fois. Quelques bouteilles d'un vieux vin, qu'il avait acheté à la mort d'un procureur, venaient d'être vidées; Simon était ivre, et la poésie de son neveu lui parut si belle, qu'il lui donna dix écus, et la permission de venir le visiter de temps à autre.

Ces visites-là se traduisirent en emprunts successifs; l'arrivée du voyageur italien changea la situation précaire du pauvre poète, qui, perché sur le siége du cocher d'une chaise de poste, se berçait des plus flatteuses espérances, et donnait carrière aux rêves extravagans enfantés par son cerveau.

Heureusement, pour les illusions de Polycarpe, que Fabiani ne voulut s'arrêter qu'à Paris, où finissait son voyage. Là, seulement, devaient commencer les tribulations du malencontreux secrétaire.

III.

UN GRAND SEIGNEUR ET SON CONFESSEUR

Dans un riche salon d'un hôtel somptueux de la rue Saint-Honoré, deux hommes causaient vivement et à voix basse, comme s'ils eussent craint d'être entendus des personnes qui se trouvaient dans une chambre voisine.

L'un de ces hommes avait soixante ans environ; son air était grave, réfléchi; ses manières nobles et élégantes; il portait un riche costume de cour : l'habit à la française en velours noir, boutons en diamans, manchettes et jabot en dentelle, l'épée à poignée d'acier, la culotte de satin noir, et le gilet en drap d'or; son interlocuteur était un abbé au maintien aisé, à la démarche sautillante; il avait toute la grace et l'aisance d'un petit-maître sous son manteau à petit collet, et faisait briller complaisamment un superbe diamant monté en bague; toutefois la gravité de ce costume, partie religieux, partie mondain, formait un rude contraste avec le laisser-aller d'expression et de gestes de celui qui en était couvert.

C'était, en un mot, un abbé du temps de Louis XV, une de ces poupées qui entremêlait une discussion futile de quelques citations latines; qui assistait à la toilette de leurs pénitentes, et les conduisait en loge fermée à l'Opéra; c'était un de ces hommes qui eût mis volontiers des mouches et du rouge. Il se nommait Volmar, et avait su gagner la confiance du marquis de Saint-Aignan, courtisan bien vu du roi Louis XVI, et qui savait profiter habilement de la royale amitié du monarque.

L'abbé Volmar dirigeait la conscience du marquis de Saint-Aignan, et celui-ci avait pris l'habitude de consulter son confesseur sur toutes ses affaires particulières. Volmar contrariait d'abord les vues du marquis, puis, il se rendait peu à peu à l'évidence et aux argumens que le grand seigneur avançait, et finissait toujours par tomber d'accord avec M. de Saint-Aignan, qui alors s'applaudissait d'avoir trouvé un ami éclairé, sincère, surtout, dans son confesseur.

L'affaire qui réunissait le marquis et l'abbé Volmar était des plus importantes; il s'agissait d'opposer une digue aux désordres scandaleux du jeune Paul de Saint-Aignan, qui, peu soucieux de rehausser l'éclat de son nom, se livrait en véritable fou aux plaisirs et à la dissipation. C'était chaque jour de nouvelles extravagances, que d'officieux amis répandaient avec un empressement très peu charitable; l'immense fortune, dont le fils du marquis devait être l'unique possesseur, avait permis à celui-ci de contracter de nombreux emprunts sur la succession de son père, et, grace à la facilité avec laquelle certains usuriers se prêtaient à ses désirs, Paul de

Saint-Aignan pouvait rivaliser avec les seigneurs les plus fastueux de la cour.

Joueur, libertin et mauvaise tête! telles étaient les trois principales qualités du jeune Saint-Aignan, qui se battait pour un mot, quittait une maîtresse par caprice et jouait de fortes sommes par désœuvrement; une semaine passée sans avoir mis l'épée à la main, ou triomphé des scrupules d'une grande dame ou de la vertu d'une petite fille, eût été une semaine perdue pour le jeune dissipateur. Aussi, grace à son activité d'esprit, à son imagination inconstante, trouvait-il de nombreux sujets de distraction; les querelles et les bonnes fortunes ne lui manquaient point, et la célébrité scandaleuse, qui avait fini par s'attacher à son nom, désespérait le marquis de Saint-Aignan, qui, le matin même, avait fait appeler l'abbé Volmar, afin de le consulter sur les moyens de corriger son fils de ses épouvantables défauts.

— Que faire, monsieur l'abbé, quel parti prendre ? disait le marquis de Saint-Aignan ; j'ai eu recours aux remontrances ; elles ont été écoutées en silence, mais le lendemain, une aventure, plus scandaleuse que les autres, est venue me révéler que la soumission dont je m'applaudissais n'était qu'une hypocrisie habilement jouée.

— Je ne sais, monsieur le marquis, répondait l'abbé Volmar, qui avait pris une attitude attentive et réfléchie, je ne sais, en vérité, comment il serait possible de réduire M. Paul; son caractère est vif, turbulent, emporté ; il se croit un homme capable de donner des leçons plutôt que d'en recevoir; l'ambition est un levain puissant, mais il ne désire ni n'envie rien... Les honneurs lui semblent un fardeau pénible à porter..... Vivre à sa guise et sans contrainte, voilà ce qu'il veut... Avec des idées comme les siennes, on dissipe une immense fortune, on ternit l'éclat de son nom, et on meurt dans la misère...

— La misère! répéta le marquis de Saint-Aignan, en souriant, je ne crains pas que l'héritier de mon nom et de mes biens en arrive jamais à cette fâcheuse extrémité!... Je suis riche, monsieur l'abbé!

— Votre fils est joueur.

— Cette passion s'usera avec l'âge.

— Elle ne fait souvent qu'augmenter.

— Qu'importe! après tout; il faut bien dépenser ses revenus et se dédommager des privations de la jeunesse.

— M. Paul n'aura pas besoin de ce prétexte pour faire de nouvelles folies, car, si je suis bien informé, il anticipe sur l'avenir, et emprunte à de gros intérêts les sommes que vous lui refusez.

— Mon fils aurait l'audace !...

— De spéculer sur la fortune qui doit lui appartenir à votre mort; hélas ! oui, monsieur le marquis, le total de ses dettes, qu'on n'a pu encore me donner, surpasse de beaucoup ce que mon imagination avait supposé. Ce n'est point sa faute, au surplus, si le chiffre ne s'élève pas plus rapidement; depuis quelques jours, M. Paul éprouve de grandes difficultés à contracter de nouveaux emprunts.

— Et pourquoi, monsieur l'abbé? Les misérables usuriers avec lesquels il se trouve en relation, ont-ils enfin pitié de sa jeunesse, de son inexpérience?

L'abbé Volmar dissimula un sourire moqueur, et répliqua d'un ton flegmatique :

— La jeunesse de M. Paul est un appât pour ces ames de boue, qui font métier d'argent ; de la pitié dans l'ame d'un usurier ! c'est un sentiment qui n'a point cours chez eux... Non, les scrupules qu'ils éprouvent prennent leur source dans une autre cause... Il y a deux mois, monsieur le marquis, qu'en chassant avec Sa Majesté, vous avez fait une chute de cheval, qui pouvait avoir des suites funestes...déjà, on annonçait hautement que votre mort était prochaine... C'est alors que les banquiers de votre fils se montrèrent accommodans ; M. Paul eut de l'argent autant qu'il pouvait en dépenser avec ses maîtresses et ses amis... Depuis, un rétablissement miraculeux a fait changer la face des choses... à mesure que vos forces revenaient, les usuriers se montraient plus intraitables, et dernièrement, lorsque pour la première fois, depuis votre accident, vous allâtes à Versailles, faire votre cour à Sa Majesté, l'un d'eux, un sieur Benjamin de l'Étoile, déclara à votre fils qu'il ne devait plus compter sur lui, et qu'il entendait être payé d'ici à un mois... Le délai expire demain, et si M. Paul n'a point satisfait cet homme, vous le verrez venir ici, demander avec arrogance, le remboursement des vingt mille écus qu'il a prêtés à votre fils, et menacer de faire du scandale s'il n'est pas soldé... Oh ! le drôle ne manque ni d'audace ni de cette espèce d'intrigue nécessaires dans un certain monde.

— Et comment savez vous ces détails? monsieur l'abbé!

— Par ce même Benjamin de l'Étoile,

qui n'a pas craint de venir me trouver pour implorer ma protection auprès de vous ; et afin de me décider à servir ses intérêts, le drôle m'a offert deux mille écus sur les vingt mille que je vous déciderai, disait-il, à lui compter.

— Jamais ! jamais ! s'écria M. de Saint-Aignan.

Et il se leva brusquement et fit deux ou trois tours dans le salon, en murmurant :

— Quelle conduite infâme! quelle dépravation ! Un Saint-Aignan se lier avec des usuriers, et finir par être entièrement à leur discrétion !... c'est indigne!

— Tout peut encore se réparer, dit l'abbé Volmar, en attachant sur le marquis un regard interrogateur, mais il faut de la fermeté.

— J'en aurai, monsieur l'abbé, j'en aurai; mais que faut-il faire?

— Nous avons deux moyens pour réduire M. Paul à une obéissance passive; le premier consiste : à solliciter des bontés de Sa Majesté, une lettre de cachet [1]; la Bastille a d'excellentes murailles et des cellules qui étouffent les cris et les plaintes de ceux qu'on y détient; quelques mois de retraite dans ce château royal, et M. Paul en reviendra sans doute plus soumis à vos volontés, et moins disposé à gaspiller le brillant avenir qui lui est réservé.

— J'ai de la répugnance pour ce moyen

[1] Les lettres de cachet ne furent abolies qu'en l'année 1790, et si le gouvernement de Louis XVI ne fit pas un fréquent usage de cette arme puissante, c'est qu'il répugnait à des hommes de cœur de se venger par une bassesse. La nation s'éclairait.

extrême, monsieur l'abbé ; on obtient assez facilement l'expédition d'une lettre de cachet, mais il n'en est pas de même pour sa révocation, et je crains...

— Le second moyen n'est pas moins énergique que le premier, continua Volmar, mais il offre plus de difficultés dans l'exécution : il s'agirait de marier M. Paul.

— Le marier, s'écria M. de Saint-Aignan avec l'accent de la surprise ; en supposant que nous eussions une alliance, digne de lui et de moi, à lui proposer, comment parviendrions-nous à décider cette mauvaise tête ? A lui arracher son consentement ?

— En combinant les deux moyens, que j'ai eu l'honneur de vous proposer, nous arriverions au résultat désiré; la Bastille ou un mariage ! et de ces deux propositions, M. Paul préfèrera la seconde.

— Mais où trouver cette femme ? dit M. Saint-Aignan en se parlant à lui-même.

L'abbé Volmar avait son projet, et sans tarder davantage, il le mit à exécution. Ami et conseiller du comte de Castellemar, il avait été chargé, par ce dernier, de sonder les dispositions du marquis de Saint-Aignan, relativement à une alliance avec sa maison ; l'occasion se présentait, et l'abbé, après un moment de silence, s'écria :

— M. le marquis tient sans doute à trouver dans sa bru une femme riche ?

— Pas précisément, monsieur l'abbé ; notre maison compte bon nombre d'illustrations, et ce que je veux, c'est de ne point déroger... La finance et la magistrature ne sauraient me convenir.

— Aussi, n'ai-je pas songé à trouver pour M. Paul, quelque fille de président à mortier, ou de financier enrichi sous l'autre règne. A un noble une fille noble; c'est ainsi qu'on doit agir pour conserver à chacun son rang.

— Très bien pensé, dit Saint-Aignan, et quel est le nom de la maison qui brigue notre alliance?

— Les Castellemar vous semblent-ils des gens d'assez bonne race? répondit l'abbé en cherchant à lire sur le visage du marquis l'effet de ses paroles.

— Les Castellemar! s'écria M. de Saint-Aignan; les Castellemar! ils viennent d'eux-mêmes m'offrir une fille de leur maison! êtes-vous bien certain, monsieur, de ce que vous avancez en ce moment? Et n'est ce pas à un conseil d'ami officieux, plutôt qu'à une détermination prise par M. de Castellemar, que je dois cette proposition ?

— Les Saint-Aignan et les Castellemar peuvent s'unir ensemble, répliqua l'abbé Volmar, qui jouissait du trouble que ses paroles avaient fait naître ; je n'ai point provoqué la demande que je suis chargé de vous faire; mon ministère est un ministère de paix et de conciliation; et malgré la légèreté de mon caractère, j'aime à me rappeler que je suis dans les ordres; prêtre et homme du monde, je prends à tâche de rassembler ceux qui sont divisés; en cette circonstance, M. le marquis, je gémissais de voir deux illustres maisons désunies pour des motifs qu'il ne m'est pas permis d'approfondir, mais que je ne suppose point assez graves pour n'être pas oubliés de part et d'autre.

— Ainsi, monsieur l'abbé, le comte de Castellemar s'est reposé sur vous du soin de conduire cette grande affaire, à laquelle il manque encore le consentement des intéressés : celui de mon fils et de mademoiselle de Castellemar.

— La fille du comte de Castellemar est prête à marcher à l'autel ; elle sait déjà que c'est à M. Paul de Saint-Aignan qu'elle doit unir sa destinée, et loin de redouter ce moment, elle le désire. Mademoiselle Isabelle de Castellemar a dansé plusieurs fois avec M. de Paul ; ils se connaissent...

— Vous voulez dire, M. l'abbé, qu'ils se connaissaient, car depuis quatre ans environ, nos deux familles sont brouillées.

— Et ce sont précisément ces discordes domestiques qu'il importe d'apaiser. Reposez-vous sur moi, monsieur le marquis, du soin de ménager vos susceptibilités et l'amour-propre du comte de Castellemar. Ami des deux familles, ce titre m'honore, et je me montrerai digne de la confiance qui m'est accordée.

En ces mots, l'abbé Volmar salua le marquis de Saint-Aignan, et sortit.

Resté seul, M. de Saint-Aignan s'écria avec le ton de l'amertume :

— Un Castellemar m'offrir la main de sa fille!!! Il y a, dans cette proposition, une pensée que je ne devine pas, mais qui cache sans doute quelque trahison... Qu'importe! après tout... Paul, s'il se décide à contracter cet hymen, Paul saura bien déjouer les ruses de son beau-père, s'il tentait de faire de lui un instrument docile à ses volontés! Les Castellemar sont riches, mais peu en faveur à la cour, et sans la protection du comte d'Artois, il ne leur serait pas permis d'aller à Versailles y étaler un faste insolent... En s'alliant à notre famille, c'est un appui qu'ils se donnent... En consentant à ce mariage, j'efface à jamais les traces de nos désunions, et un souvenir..... pénible! ne viendra plus troubler mes heures d'insomnie... Allons! suivons le conseil que l'abbé Volmar vient de me donner..... Décidons mon fils, et sachons l'effrayer, s'il me résistait.

Le marquis sonna son valet de chambre.

Celui-ci accourut pour savoir ce que son maître lui voulait.

— Germain, lui dit le marquis, mon fils est-il dans son appartement?

— M. Paul n'est pas rentré la nuit dernière, répondit le valet; et personne de l'hôtel ne l'a encore vu de la journée.

— C'est bien ! laisse-moi...

Germain sortit, et M. de Saint-Aignan se dirigea vers son cabinet, où il s'enferma. Une heure après, il sonna de nouveau, et remit cette fois à son valet de chambre une lettre qu'il venait d'écrire.

— Il me faut une réponse ! dit le marquis.

— Vous l'aurez, répondit le valet.

Et en quittant le cabinet de son maître, Germain lisait, avec un étonnement inexprimable, la suscription de la lettre que le marquis venait de lui remettre.

— *A mademoiselle Guimard, danseuse de l'Opéra*, répétait-il en clignant les yeux; est-ce que mon bon temps va revenir? Aurait-il congédié son confesseur, cet abbé Volmar, pour prendre une maîtresse ? Tant mieux, corbleu! tant mieux ; la livrée a plus de gain avec les filles de l'Opéra qu'avec les gens tonsurés... Le clergé est avare... les danseuses donnent sans compter... Allons chez mademoiselle Guimard!

IV.

LE BOUDOIR D'UNE DANSEUSE.

— Annoncez M. de Belmonti !

— Mademoiselle ne veut recevoir personne, répondit une soubrette, espèce de *Marton* ou de *Lisette* de vingt-six ans, qui avait toutes les allures d'un suisse de grande maison ou d'un huissier royal.

Mais le ton de fermeté avec lequel la discrète femme de chambre s'acquittait de sa commission ne put en imposer à M. de Belmonti ; il ne perdit pas son temps à discuter, il écrivit quelques mots au crayon, sur une feuille de son agenda, et remit ce billet à la servante de mademoiselle Guimard en lui disant :

— J'attends une réponse, mademoiselle.

Et il se jetta sur un tabouret de l'antichambre après avoir fait signe à la femme de chambre de s'acquitter au plus vite de sa commission. Celle-ci hésita d'abord; mais le ton impérieux de l'homme, qui s'intitulait le comte de Belmonti, avait fait impression sur son esprit, et malgré la défense de md emoiselle Guimard, elle vint gratter à la porte du boudoir de la célèbre danseuse qui, dans le moment, était occupée de faire répéter, à un grand seigneur qui l'honorait de son amitié, un pas qu'elle devait danser à la cour avec celui-ci.

Le grand seigneur avait dépouillé son costume de ville pour s'affubler des oripeaux servant au Dieu Mars, dans un ballet mythologique composé par Vestris; et mademoiselle Guimard, qui représentait Vénus, était très légèrement vêtue, sans doute pour rendre les scènes qu'elle mimait d'une ressemblance parfaite. On comprend combien nos deux acteurs furent contrariés d'une interruption aussi fâcheuse.

— Qu'est-ce ? que me veut-on ? s'écria mademoiselle Guimard d'une voix qui n'avait rien d'harmonieux.

— C'est un billet dont on attend la répense, dit la soubrette qui ajouta mentalement : Je suis une grande sotte d'avoir eu peur de ce M. de Belmonti.

Il y eut un moment de silence. La danseuse n'osait demander, devant le grand seigneur qui l'honorait de son amitié, le nom de la personne qui envoyait ce billet ; mais d'un autre côté, mademoiselle Guimard, qui était bien la femme du monde la plus compâtissante, ne voulait pas désobliger par un caprice, l'auteur du billet que sa femme de chambre avait cru devoir lui apporter sur-le-champ.

— Il pensera ce qu'il voudra, murmura-t-elle en jetant un coup d'œil sur son dieu *Mars* ; je suis chez moi !

Et elle ouvrit la porte de son boudoir, avec tant de vivacité, que le grand seigneur offrit aux regards de la soubrette ce que des femmes de qualité ou des filles d'opéra avaient seules le privilége d'admirer. Rosette ne poussa pas un cri d'effroi ; en femme véritablement habile, elle feignit de n'avoir rien vu, et elle donna le billet de M. de Belmonti avec un sang froid qui blessa l'amour-propre du grand seigneur, car il s'était persuadé qu'on ne pouvait l'admirer avec tranquillité.

Mademoiselle Guimard lut à voix basse ce qui suit :

« Adorable déesse,

« Vous êtes, m'a-t-on dit, d'un carac-
« tère si obligeant, qu'on ne peut réclamer
« un service de vous sans avoir à vous en
« remercier quelques jours après. C'est un
« encouragement pour les importuns qui

« viendront en foule assiéger votre porte,
« et je vous avoue que je n'ai pas hésité
« un seul instant à vous prier de m'accor-
« der un entretien particulier.

« Je suis dans votre antichambre comptant
« les minutes, et espérant que vous ne dé-
« truirez pas une réputation de bonté si jus-
« tement acquise. »

— Quelque pauvre diable, sans aucun doute, articula faiblement la danseuse en froissant avec dépit le billet que Rosette venait de lui donner.

Mais la femme de chambre entendit la supposition que sa maîtresse faisait, et elle s'empressa de détromper mademoiselle Guimard.

— Il est jeune et de bonne mine, dit

Rosette en se penchant à l'oreille de sa maîtresse.

— Son rang?

— Ses vêtemens annoncent l'opulence.

— Qu'il attende!

Et du geste, mademoiselle Guimard congédia Rosette.

Quand la porte se fut refermée derrière la soubrette, le grand seigneur battit un *six*, et vint enlever la danseuse qui, au moyen d'une pirouette, envoya le dieu *Mars* s'étendre sur une longue ottomane placée près de là. Ce mouvement fut si rapide, que le dieu *Mars* crut son individu beaucoup plus exposé qu'il ne l'était réellement, et malgré lui, il poussa un cri lamentable, un cri de désespoir et d'effroi qui fut aussitôt accompagné d'un bruyant éclat de rire.

Le vêtement nécessaire, qui était en fine batiste, ne put résister à la secousse imprimée par la pirouette inusitée que mademoiselle Guimard venait d'inventer; le vêtement nécessaire ressemblait à un étendard criblé par la mitraille ennemie; des lambeaux flottaient çà et là, et causaient l'hilarité de la danseuse.

— Nous ne sommes plus au carnaval, dit le grand seigneur en se pinçant les lèvres, et je ne te suppose pas assez d'esprit, ma petite, pour avoir l'intention de te moquer de moi?

Ceci fut débité avec un ton de suffisance vraiment comique.

— Non, monseigneur, non, je n'ai point assez d'esprit pour me moquer de vous, répliqua la danseuse en prenant une attitude tragique; mais il m'est permis, je pense, de rire d'un accident qui n'a rien de fâcheux pour votre galante réputation... Un joli homme ne peut que gagner à être connu.

— Cessons ce badinage, petite, répliqua l'altesse d'une voix brève et impérative ; je paie pour qu'on me divertisse et non pour servir de jouet.

Et le noble seigneur se vêtit à la hâte, et avec beaucoup de peine, car un valet de chambre lui était indispensable; néanmoins, il parvint à s'habiller, après un grand quart d'heure employé à cette occupation, et de nombreux juremens qui sentaient le palefrenier d'une lieue; lorsqu'il fut présentable et qu'il sentit son épée d'acier qui lui caressait doucement la jambe, il reprit l'aplomb et le sang-froid nécessaires pour reprocher à la danseuse deux ou trois éclats d'un rire inextinguible, qui avaient blessé sa vanité.

— Nous avons le Fort-l'Évêque pour punir les femmes de ta sorte qui manquent à des gens de ma qualité, dit l'altesse à la Guimard.

— Nous autres filles de théâtre avons parmi nos amis, bon nombre de mauvaises langues, monseigneur, repartit la danseuse, et il suffirait d'une seule de ces gazettes vivantes pour rendre un prince à jamais ridicule; et vous le savez, Altesse, en France, le ridicule est [illegible]!

L'altesse frappa du pied, fit la grimace et sortit brusquement du boudoir, après avoir recommandé à mademoiselle Guimard de garder le plus profond silence sur ce qui s'était passé entre eux depuis le matin.

— Le Fort-l'Évêque! les lettres de cachet! la Bastille! ils n'ont que ces mots à la bouche; ce sont des épouvantails pour les robéciles et les honnêtes gens... grâce au ciel, je me pique de ne pas faire partie des premiers...

— M. de Belmonti! dit Rosette en se présentant à la porte du boudoir de sa maîtresse.

Et mademoiselle Guimard vit entrer un homme richement vêtu, qui la salua avec grace, et la pria de vouloir bien lui accorder l'entretien particulier qu'il avait eu l'indiscrétion de solliciter.

Rosette sortit, mademoiselle Guimard fit signe à M. de Belmonti de s'asseoir, et ellemême se jeta négligemment sur son ottomane en disant :

— Je vous écoute, monsieur.

— Mademoiselle Guimard reçoit quelquefois la visite d'un comte de Castellemar?

— Sans doute!

— Et elle ignore peut-être que M. de Castellemar ne se contente point d'être l'un des adorateurs de la première danseuse de France; il lui faut encore encenser les talens d'une chanteuse qui se nomme...

— Inutile. Je sais de qui vous voulez parler, dit la Guimard avec le ton de l'indifférence; cette cantatrice est l'une de mes intimes amies.

— Ainsi, vous n'êtes point jalouse d'apprendre que le comte de Castellemar vous est infidèle.

— Infidèle! eh bien, c'est à son tour! il me rend ce que j'ai fait à beaucoup d'autres.

— Tant d'indifférence! s'écria de Belmonti, qui n'était autre que l'Italien Fabiani; et on dit que les Françaises savent aimer!

Mademoiselle Guimard quitta son ottomane et se rapprocha de l'Italien pour lui demander si c'était un service qu'il venait réclamer de son obligeance ou des conseils qu'il avait la prétention de lui donner.

— J'oblige quand je le puis, ajouta la danseuse, mais quant à des conseils, je n'en reçois de personne. Parlez donc, ou sortez à l'instant!

— Quelques mots d'explication sont nécessaires, reprit l'Italien sans s'émouvoir, veuillez m'entendre, mademoiselle, et afin de vous disposer à m'écouter favorablement, apprenez que la démarche que je fais auprès de vous a pour but de venger une femme, une artiste comme vous, qui a été indignement trompée par ce comte de Castellemar, auquel vous avez le bon esprit de ne pas tenir le moins du monde.

— Et pourquoi tiendrai-je à lui? demanda mademoiselle Guimard.

— Il est des liaisons formées par le caprice, d'autres par l'intérêt, poursuivit Fabiani, leurs victimes n'ont pas à se plaindre, alors qu'elles sont trompées; mais quand on met en œuvre tout ce que l'intrigue peut fournir de ruses subtiles, quand on s'efforce d'entraîner dans l'abîme une femme vertueuse, qui ne cède que parce qu'elle se croit aimée, et qu'on l'abandonne lâchement, l'homme qui se rend coupable de cette abominable action, que j'appellerai un crime, cet homme-là ne mérite-t-il pas un châtiment sévère?

Fabiani de Belmonti avait débité cette tirade avec une énergie toujours croissante, si bien que mademoiselle Guimard, qui s'était amusée d'abord de sa pantomime et de ses exclamations, éprouva un moment de terreur en voyant l'Italien parcourir son boudoir à grands pas, en répétant :

— Cet homme-là mérite la mort !

— Prenez garde, monsieur, s'écria la danseuse en pâlissant ; l'homme que vous voulez immoler est puissant ; on ne tue pas un grand seigneur avec autant de facilité qu'on se défait d'un roturier. M. de Castellemar est riche ; sa famille est puissante, et saurait obtenir justice de l'attentat qui l'aurait privé de son chef.

— Je suis fou, en effet, dit Fabiani après un moment de silence. Un meurtre ! du sang ! c'est la vengeance de la colère ; la haine réfléchit et tue lentement. Mademoiselle, continua-t-il en s'adressant à la danseuse qui se repentait de sa trop grande affabilité envers un étranger, vous êtes danseuse au

Grand-Opéra, et d'après les renseignemens que j'ai pris, avant de me présenter chez vous, j'ai lieu de croire que votre protection n'est pas impuissante pour protéger quiconque vous implore.

— Au fait, monsieur, dit la Guimard d'un ton impératif et en s'avançant fièrement près de l'Italien, dont la contenance humble venait de l'enhardir, au fait ! que voulez-vous ? qu'attendez-vous de moi ?

— Un service, et vous ne me le refuserez pas.

— Si je trompais votre attente, interrompit la Guimard en souriant dédaigneusement.

— Vous avez trop de bonté dans l'ame pour cela, continua Fabiani ; la confidence que je vais vous faire vous en convaincra.

— Ce n'est pas bien certain, murmura faiblement la Guimard.

— Vous êtes artiste, vous êtes femme ; entre camarades, on se doit aide, secours et protection; ce n'est pas pour moi que j'implore votre appui, mais pour la signora Séraphita, prima dona du théâtre Saint-Charles de Naples; elle a été victime de ce comte de Castellemar, que vous traînez à votre suite. Nous ne vous faisons pas un crime de cette conquête, mais nous espérons que vous voudrez bien nous aider...

— Point de trames ni de complot, monsieur l'Italien, dit la Guimard avec l'accent de l'effroi ; je ne tiens pas à M. de Castellemar, et je vous l'abandonne volontiers; mais aussi je ne veux point que mon nom se trouve mêlé aux tentatives criminelles que vous cherchez à mettre à exécution ; point de pacte entre nous, monsieur; je puis être inconséquente, capricieuse; je puis scandaliser par ma conduite ces ames dévotes promises aux joies du Paradis, mais il ne sera jamais dit que la Guimard ait été autre chose qu'une femme de plaisir.

— Un mot, et votre courroux s'apaisera.

— Dépêchons, de grace, je n'ai pas l'habitude des longues conversations.

— Pour entrer dans les chœurs de l'Opéra, reprit Fabiani, il faut des protecteurs; je n'en ai pas; avec de l'or on en trouve: ce moyen me manque, et cependant je voudrais que Séraphita eût accès à l'Opéra.

— Pour y surveiller sans doute M. de Castellemar, dit la danseuse; mais sachez que le comte ne vient jamais dans les coulisses de notre théâtre.

— Jamais! répéta Fabiani avec l'accent de l'incrédulité; alors, cette complicité que vous redoutiez, ce pacte fait entre nous, n'existerait pas, puisque l'occasion que nous cherchons viendrait à nous manquer; c'est donc un service que je réclame au nom d'une camarade malheureuse : une place dans les chœurs de l'Opéra est chose peu enviée.

— Plus que vous ne le pensez.

— Ainsi, vous refusez de nous être utile?

— Je ne dis pas cela, reprit la danseuse; non, je verrai... peut-être parviendrai-je à placer la signora Séraphita...

— Que de reconnaissance!

— Oh! ne vous pressez pas de me remercier; je ne promets que lorsque je suis certaine d'obtenir. Je solliciterai.

— Et vous réussirez, ajouta vivement Fabiani; dans quelques jours je viendrai chercher une réponse.

— Inutile de vous déranger, monsieur; cette réponse vous parviendra à votre hôtel. Veuillez me laisser votre adresse.

Fabiani obéit, et écrivit sur une feuille d son agenda : *M. de Belmonti, à l'hôtel du Cheval noir, faubourg Saint-Denis;* puis il prit congé de la danseuse en renouvelant ses protestations de dévoûment.

— Cet homme a le cerveau dérangé, se dit la danseuse en se jetant sur une ottomane; quel ennuyeux personnage, bon Dieu!

La femme de chambre de mademoiselle

Guimard pénétra dans son boudoir pour annoncer M. Paul de Saint-Aignan.

— Je ne veux pas le recevoir! dit-elle.

Mais à peine cette défense était-elle articulée que celui qu'elle excluait se présenta à la porte du boudoir en disant :

— Je présente mes hommages à la charmante Guimard.

— Et moi je réponds à M. de Saint-Aignan que je le supplie de m'épargner ses visites; je n'ai nulle envie de faire connaissance avec le For-l'Évêque.

— Qu'a de commun, ma belle amie, le For-l'Évêque avec mes visites?

— Lisez ce billet, M. Paul, il me dispensera de vous expliquer ce qui m'est arrivé à cause de vous.

— L'écriture de l'abbé Volmar, murmura le jeune homme en parcourant d'un œil rapide les premières lignes du billet. Voyons :

« Mademoiselle, nous connaissons vos « fredaines. Il nous importe peu, croyez-« le, que vous portiez le trouble dans des « ménages unis jusqu'alors ; vos scanda-« leux désordres, qui font gémir les hon-« nêtes gens, ne nous avaient pas encore « atteint. Depuis quelques jours, il en est « autrement : vos agaceries ont attiré dans « vos filets un jeune homme que nous vou-« lons préserver d'un contact dangereux.

« C'est assez vous dire, mademoiselle, « que nous voulons, que dès ce jour, votre « porte soit fermée à M. Paul de Saint-« Aignan ; et il vous est facile de l'écon-« duire.

« Ceci vous regarde.

« Que dans deux jours on vous con-
« naisse un autre amant, sinon le For-
« l'Evêque nous viendra en aide pour ar-
« racher un jeune homme sans expérience
« aux embûches d'une coquette aussi dan-
« gereuse que vous l'êtes.

« *Signé* : L'abbé VOLMAR. »

— Qu'est-ce que cela prouve? dit Paul en s'asseyant auprès de mademoiselle Guimard : qu'on veut t'effrayer, ma toute belle, et me ravir des faveurs auxquelles j'attache un si grand prix.

En disant ceci, Paul s'était emparé d'une main qu'il couvrit de baisers.

— Finissez, chevalier, lui dit la danseuse avec le ton de la gravité; un affreux danger nous menace, et vous vous occupez de choses futiles.

— Tu as donc peur du For-l'Évêque? ma charmante.

— C'est une prison, et ce mot-là suffit pour me glacer d'effroi.

— Rassure-toi, ma toute belle; le signataire du billet, qui a jeté l'épouvante dans ton ame, est un homme qui menace et n'agit point; d'ailleurs, il y regarderait à deux fois avant que d'entreprendre quelque chose contre une femme que j'honore de mon amitié...

— Et que vous abandonneriez, si votre père l'ordonnait. Je connais ces prétendues résistances à l'autorité paternelle; il ne faut souvent qu'un mot pour apaiser les plus mutins, et vous, mon cher Paul, vous seriez de ceux-là.

— Mademoiselle Guimard me prend pour un enfant.

— Mademoiselle Guimard sait quel pouvoir ont ses charmes dans son boudoir ou sur la scène de l'Opéra, mais aussi elle ne s'abuse point sur leur fragilité; et s'il lui fallait lutter contre une volonté puissante, elle céderait de bonne grace la place, afin de n'en pas être chassée. Vous comprenez, mon ami, que je ne veux pas m'exposer au ressentiment de votre père, et qu'il vous faut renoncer, dès à présent, à un bonheur que vous oublierez aisément auprès de mademoiselle de Castellemar.

— Que voulez-vous dire?

— Oh! ne dissimulez pas, chevalier; je ne suis point dans mon jour de vapeurs et de crispations de nerfs; ainsi, ne craignez pas une scène... désagréable.

— En vérité, ma toute belle, je ne comprends pas un mot à ce que je viens d'entendre, et ce serait me rendre service que de m'apprendre...

— Que vous allez épouser mademoiselle de Castellemar!... Ne le saviez-vous pas?

— En voici la première nouvelle.

— Franchement?

— Sur mon honneur, j'ignorais qu'on fit courir un bruit aussi ridicule qu'il est étrange. Nos oisifs sont donc bien au dépourvu de nouvelles scandaleuses? Bon Dieu! ces braves gens se bouchent les yeux pour ne point voir, et les oreilles afin de ne rien entendre... Moi, me marier! c'est une idée qui ne pouvait me venir en ce moment.

— Aussi, n'est-ce pas à vous qu'on attribue cette sage résolution, mais à un petit abbé, très bien vu de M. de Saint-Aignan, et fort avant dans l'intimité du comte de Castellemar; c'est du père de votre belle future que je tiens la nouvelle...

— Du comte de Castellemar! s'écria Paul avec le ton de l'incrédulité.

— Ceci vous étonne, mon cher Paul; eh bien! je gagerais qu'avant un mois vous vous applaudirez de la résolution prise par le confident de votre père : une jolie femme, une fortune considérable et la charge de gentilhomme de la chambre du roi; mais en voici plus qu'il n'en faut pour faire tourner une tête moins folle que la vôtre... Oh! je suis bien certaine que vous ne refuserez pas l'alliance qu'on vous propose.

— Vous vous trompez, ma toute belle; non seulement je refuse pour le présent, mais encore j'affirme que jamais mademoiselle de Castellemar ne portera le nom de Saint-Aignan.

— Et c'est pour me rester fidèle que vous me sacrifiez votre belle future?

Paul ne répondit pas à cette demande faite d'un ton d'ironie; une rêverie profonde s'était emparée de lui, et quoique assis auprès de la Guimard, dont il se vantait d'être l'amant, le jeune de Saint-Aignan songeait à une autre femme. La danseuse n'était pas jalouse, mais elle se sentit humiliée d'une distraction qu'elle ne faisait pas naître; et afin de laisser à son volage amant la liberté de soupirer en aise, elle quitta son boudoir en lui disant :

— Chevalier, vous pourrez lui dire que son image adorée vous a poursuivi jusque dans le boudoir de la Guimard; il y a là, je pense, de quoi flatter la vanité d'une femme sage et belle.

Elle fit une gracieuse révérence et sortit.

— Un mariage! on songe à me marier! s'écria Paul. Ah! M. de Saint-Aignan, plus de contrainte entre nous; je ne me montrerai pas fils soumis et ne ferai point parade d'un respect imbécile pour une volonté qui vous a été suggérée par cet abbé Volmar!..... Double fourbe! Quel intérêt l'anime en ma faveur? quel but se propose-t-il d'atteindre? Il ne peut compter sur ma reconnaissance! Les Castellemar attachent sans doute beaucoup d'importance à conclure un hymen qui rapprocherait deux familles puissantes qui se haïssent et se nuisent naturellement..... Que m'importe! à moi? je ne serai point le gage de paix et d'oubli! Cherchez un autre moyen, messieurs de Castellemar, et vous aussi, mon père, car je ne sacrifierai point ma liberté aux projets que vous avez formés.

Et Paul de Saint-Aignan abandonna le boudoir, et sortit de chez mademoiselle Guimard, en s'affermissant dans le dessein qu'il avait de résister aux menaces et aux prières qui allaient fondre sur lui. A quelques pas de la maison de mademoiselle Guimard, il se trouva face à face avec l'abbé Volmar, qui d'abord voulut l'éviter; mais ne pouvant y parvenir, il vint droit à lui, et le salua en disant :

— Je présente mes souhaits à monsieur le chevalier de Saint-Aignan!

Paul le toisa avec un air de mépris, et murmura entre ses dents :

— Nouveau *Tartufe*, tu as pu rencontrer un *Orgon* dans mon père, mais je ne serai point le *Damis* de Molière. Je te démasquerai, fourbe, ou te ferai périr sous le bâton... Je crois même, ajouta-t-il en ricanant, que ce dernier moyen est meilleur.

— J'essaierai!

DOUBLE INTRIGUE.

DEUXIÈME PARTIE.

Il part de bons avis quelquefois de la haine,
Et des plus grands desseins qui veut venir à bout,
Prête l'oreille à tout, et fait profit de tout.

T. Corneille.

I.

LA MAISON DU FAUBOURG.

A l'entrée du faubourg Saint-Denis, et non loin de l'arc de triomphe élevé à la gloire de Louis-le-Grand, quatorzième de nom, on remarquait, en 1776, une maison, bien connue des petits commerçans, qui venaient du fond de la Picardie apporter dans la capitale le produit de leur industrie manufacturière.

Cette maison portait pour enseigne au *Cheval Noir;* une allée étroite, enfumée, donnait accès dans une vaste salle que l'économie de son propriétaire avait su trouver dans la cour, pratiquée derrière le premier corps-de-logis; un escalier tortueux, avec balustrade en bois de chêne, noirci par le temps et le frottement des mains qui s'y retenaient pour éviter des chutes dangereuses; des paliers étroits, des chambres où on rencontrait à peine le nécessaire, voilà, au premier aspect, ce qu'était l'hôtel du *Cheval Noir* dans lequel Fabiani, Séraphita et le maigre Polycarpe étaient venus se réfugier.

Nous allons dire à la suite de quel événement le fastueux Italien avait été contraint de chercher un asyle dans une maison misérable et de chétive apparence.

Il y avait environ un mois que la chaise de poste, qui renfermait nos deux étrangers et le neveu du premier hôtelier d'Orléans, avait franchi la barrière d'Enfer. A la demande du postillon, qui s'informait de l'endroit où les voyageurs qu'il conduisait voulaient descendre, Fabiani avait répondu : Où l'on est le mieux ! Et un quart d'heure après, la chaise de poste s'arrêtait dans la cour d'un hôtel situé aux environs du Palais-Royal.

Un appartement élégamment décoré, des domestiques attentifs et prévenans, un dîner succulent, enfin, des égards qu'on ne saurait trop payer, voilà ce que nos voyageurs trouvèrent dans l'hôtel où ils étaient descendus ; et s'ils eurent à s'applaudir de l'excellente tenue de la maison, d'un autre côté Fabiani s'aperçut qu'égards et prévenances, élégance et bonne chère, étaient tarifiés de manière à récompenser largement les peines qu'on se donnait pour satisfaire les voyageurs.

Mais comme il lui importait d'éblouir, afin de se faire remarquer, Fabiani ne discuta point ; il paya sans compter, et sa générosité, habilement calculée, lui valut, parmi la valetaille de l'hôtel, une réputation de munificence qui eût rendu jaloux le plus grand dissipateur du globe.

Toutefois, il ne s'endormit point dans un repos inutile. A peine arrivé, il dressa ses batteries, et en attendant que sa nouvelle recrue, le maigre et long Polycarpe, eût endossé la livrée du valet de chambre, il le métamorphosa en courrier extraordinaire, en lui disant :

— M. Polycarpe, la mission dont je vais vous charger est la pierre de touche de votre intelligence; si vous réussissez... et vous devez réussir... vous me prouverez que vous n'êtes pas fait pour végéter dans une antichambre... Voici ce que j'attends de vous.

Et Fabiani lui raconta succinctement qu'il était venu à Paris pour y rencontrer le comte de Castellemar; que ce dernier n'occupant point de fonctions publiques, il était plus difficile de découvrir sa demeure; que cependant, en prenant des informations à Versailles, auprès des domestiques qui stationnent dans les cours, en attendant leurs maîtres, on pouvait arriver à savoir ce qui lui importait de connaître ; c'était une mission qu'une intelligence étroite eût pu remplir; aussi Polycarpe, qui d'abord avait été étourdi de la proposition que Fabiani lui faisait, Polycarpe, tout en dissimulant et son étonnement et le ressentiment que les paroles de l'Italien avaient fait naître dans son ame, promit de s'acquitter de sa commission de manière à justifier la confiance qu'on lui témoignait.

Les démarches de Polycarpe furent empreintes de cet esprit de maladresse, de cette gaucherie innée en lui; il employa quinze jours pour obtenir un résultat auquel le premier venu serait arrivé dans une seule journée; il apprit que le comte de Castellemar habitait et Versailles et Paris, qu'il voyageait six mois de l'année, et que pour l'instant, il était dans l'une de ses terres situées aux environs de Rouen.

Ces divers renseignemens ne satisfirent que

médiocrement Fabiani; néanmoins, il en fit un prompt usage, et dès le lendemain, il se rendit à l'hôtel du comte qui était situé dans le faubourg Saint-Germain ; ce qu'il apprit de quelques bavards du voisinage, ne fit que confirmer ce que Polycarpe lui avait rapporté; seulement, on lui assigna l'époque à laquelle le comte de Castellemar devait revenir habiter Versailles, car il ne faisait à Paris que de rares apparitions. Un mois devait encore s'écouler.

— J'irai à Rouen, se dit Fabiani; nous sommes près du port, il ne faut pas faire naufrage avant que d'y mettre le pied..... D'ailleurs, notre situation exige impérieusement la présence de M. de Castellemar à Paris, et foi d'Italien, il y viendra.

Le lendemain matin, Fabiani était sur la route de Rouen.

Pendant son absence, Polycarpe, auquel il avait confié le soin de veiller sur Séraphita, Polycarpe vit sa patience mise à de rudes épreuves; secrétaire en expectative d'un marquis Italien qui l'avait transformé en piqueur en attendant mieux, Polycarpe, après le départ de son maître, eut à supporter toutes les inégalités de caractère de la cantatrice, qui se dédommagea de la longue contrainte qu'elle s'était imposée en rendant le malheureux Polycarpe victime de tous les caprices de son imagination fantasque.

Docile en apparence aux volontés de Fabiani, Séraphita s'étudiait, depuis son arrivée en France, à mettre sous son joug un homme que l'impérieuse nécessité lui avait fait prendre comme protecteur. Riches tous deux, Séraphita de son talent et de ses espérances; Fabiani d'une fortune confiée prudemment à trois banquiers différens, il se traitèrent d'abord sur un pied d'égalité que Fabiani voulut rendre plus intime, mais Séraphita se montra d'une rigueur vraiment désespérante, et en réponse aux prières et aux désirs chaleureusement exprimés par le fougueux Italien, Séraphita lui dit :

— Vengez-moi du comte de Castellemar, et mon cœur vous appartiendra.

Et cette résolution, que Fabiani attribua à un moment de caprice, Séraphita sut la rendre immuable ; larmes et supplications, elle resta insensible à tous, et se réfugia toujours derrière cette phrase que Fabiani ne pouvait écouter froidement : « Vengez-moi du comte de Castellemar, et mon cœur vous appartiendra. »

Un désir de vengeance, et la passion dévorante que Séraphita lui avait inspiré, maîtrisaient l'ame de notre Italien qui pour-suivait avec persévérance l'accomplissement de sa tâche : Se venger pour être aimé; mais une troisième passion, non moins forte que les deux premières, vint modifier ses projets. Avant d'arriver à Blois, il apprit par des lettres de Naples, que ses trois banquiers, fieffés coquins, avaient pris simultanément la fuite, emportant avec eux la fortune de deux cents familles et les capitaux de plusieurs entreprises commerciales.

Cette accablante nouvelle était appuyée de faits qui ne permirent pas à Fabiani de douter de la réalité de son malheur; néanmoins, il ne confia pas sa détresse à Séraphita; il le regardait comme étant l'unique cause de la perte que trois fripons lui faisaient essuyer, et il se dit que dès ce moment leur fortune devait être commune.

Le comte de Castellemar fut désormais la proie que Fabiani se proposait de poursuivre sans relâche, et à cet effet, il était parti pour Rouen après avoir recommandé à Séraphita de ne point s'exposer dans les rues de la capitale; et pour être bien certain de l'obéissance de la jeune femme, Polycarpe avait reçu en même temps de lui des instructions détaillées, dans lesquelles il lui enjoignait de veiller scrupuleusement sur toutes les démarches de Séraphita, afin de lui en rendre compte lorsqu'il serait de retour du voyage qu'il allait entreprendre.

Polycarpe croyait fermement que son maître était marié, et à cet effet, il avait déjà rimé à son intention deux ou trois cents vers, qu'il se proposait de lui offrir à la première occasion favorable; en se voyant investi de l'*honnête* emploi d'espion-domestique, Polycarpe qui n'avait de flaire que pour les rimes plus ou moins harmonieuses, Polycarpe, l'idiot, l'imbécile, s'attacha comme une ombre à la personne de Séraphita.

Sous vingt prétextes, qu'il ne savait pas toujours justifier, Polycarpe s'introduisait dans la chambre de Séraphita, afin de lui rendre, disait-il, les services dont elle pouvait avoir besoin, mais plutôt pour épier si la signora n'écrivait point de billets de rendez-vous ou de lettres d'amour; un soupçon avait pris naissance dans l'esprit de Polycarpe à l'occasion d'un entretien que Séraphita avait eu avec un valet de l'hôtel; il n'en fallut pas davantage pour le convaincre qu'il se tramait quelque chose contre la dignité d'un front marital.

La journée qui avait vu le départ de Fabiani éclaira une démarche que Polycarpe qualifia *in petto* d'extravagante, mais à laquelle, en sa qualité de secrétaire-valet-de-chambre, il dut condescendre de fort bonne grâce.

Séraphita s'ennuyait de regarder les passans à travers les vitres de sa croisée, et elle avait résolu d'aller se promener aux Tuileries. Polycarpe fut forcé de l'accompagner; il obéit, mais en se promettant de raconter tous les détails d'une promenade qui, suivant son expression poétique, *tournoyait autour de la criminalité conjugale.*

— Ayons de la fermeté et du sang-froid, s'était-il dit en coiffant sa tête d'un tricorne démesurément large; distinguons-nous, et prouvons à M. le marquis de Belmonti qu'il a en moi plutôt un ami sincère et dévoué, qu'un homme dont on paie les services avec quelques pièces d'or.

Séraphita alla se promener au jardin des Tuileries sous l'inspection du maigre Polycarpe, qui la suivait par derrière, et qui provoqua, de la part des promeneurs, bon nombre de lazzis et de réflexions plaisantes, car le pauvre diable n'avait pas les allures ni le costume d'un valet de grande maison, et à voir la mise élégante de Séraphita, sa beauté et l'espèce de mépris qu'elle manifestait pour Polycarpe, on ne pouvait penser que ce fut un mari ou quelque parent jaloux de conserver intact l'honneur de la famille.

Quoiqu'il en soit, ni la maigreur de Polycarpe, ni ses roulemens d'yeux n'empêchèrent quelques galans seigneurs de dire, assez franchement, leur façon de penser sur des attraits qui faisaient leur premier début dans une promenade qui était le rendez-vous de ce que Paris comptait alors de jolies femmes.

Parmi les galans empressés de témoigner à Séraphita, par des gestes expressifs ou de gracieux complimens le plaisir que sa beauté leur faisait éprouver, il s'en trouva un surtout plus entreprenant ou plus fat que les autres, et qui [illegible] avoir lancé en passant cinq ou six épithètes [illegible], se rapprocha de Séraphita, et après lui avoir fait observer qu'elle était sans cavalier dans une promenade publique, lui offrit son bras, que la cantatrice refusa en répliquant vivement que sa proposition était inconvenante.

— Vous êtes étrangère, répliqua brusquement le galant seigneur, et vous ignorez les usages auxquels une jeune et jolie femme [illegible] est obligée de se soumettre dans notre Paris. Apprenez, madame, que ce n'est pas sans danger qu'une personne de votre sexe peut se montrer ici, quand elle n'a pour se défendre et la faire respecter ou un mari ou un amant.

— L'homme qui me suit, à quelque distance, est à mon service, et ne souffrirait certainement pas qu'un impertinent osât me manquer de respect.

Et Séraphita se retourna pour faire signe à Polycarpe de se rapprocher d'elle ; mais ses yeux le cherchèrent vainement dans la foule qui tourbillonnait dans l'allée, Polycarpe avait disparu.

— Vous vouliez m'ôter le plaisir de vous offrir un appui qui vous est nécessaire; vous êtes seule ici, et dussé-je attirer sur moi votre courroux, je ne vous quitterai qu'après vous avoir sauvé d'un danger auquel vous n'échapperiez pas facilement.

— Mais en vérité, monsieur, expliqua Séraphita avec agitation, je ne comprends pas le motif d'une insistance qui me blesse et m'offense; laissez-moi libre de continuer ma promenade, ou vous me donneriez la plus mauvaise idée d'une nation qui se vante d'être la plus polie de l'Europe.

— Une épigramme! s'écria le galant en chiffonnant agréablement son jabot; eh bien! je veux vous prouver que les Français sont aussi soumis aux volontés de votre sexe que galant envers lui. Je m'éloigne, madame, et puissiez-vous n'avoir pas à vous repentir d'un refus qui me désespère, puisqu'il me prive du plaisir de vous être utile.

En disant ceci, le galant seigneur salua

respectueusement Séraphita et se perdit dans la foule des promeneurs; mais à peine avait-il fait quelques pas qu'il se vit entouré par cinq ou six de ses amis qui lui demandèrent, en ricanant, pour quelle heure de la journée était le rendez-vous qu'on venait de lui donner.

— Un rendez-vous ! s'écria l'interpellé en souriant ; eh ! mes bons amis, je n'ai pu décider la petite tigresse à m'accorder la permission de l'accompagner dans sa promenade.

— Et cependant, mon cher Paul, nous avions privé la belle d'un auxiliaire puissant, de ce grand cadavre qui ressemble plutôt à une ombre échappée du noir séjour, qu'à un mortel ayant droit d'existence sur cette terre.

— Au fait ! dit un autre en frappant sur

l'épaule de Paul; veux-tu que nous te servions jusqu'au bout.

— Un enlèvement pour quelques heures rendrait ton aventure piquante, reprit le premier interlocuteur.

— Un enlèvement, mes chers amis, y pensez-vous, au milieu de la journée, dans un jardin royal, et au milieu d'une foule aussi compacte!

— Raison de plus, mon cher Paul, on ne t'accusera pas d'avoir commis un rapt avec circonstances aggravantes; c'est à la clarté du soleil que nous agissons, et tandis que son grand escogriffe se débat et s'explique au corps-de-garde des Suisses du baron d'Affry, nous l'enlevons et la conduisons à ton vide-bouteille de Sèvres.

— Je ne sais si je dois consentir... balbutia Paul; cette manière de faire connaissance...

— C'est brusque, mais c'est la meilleure: toi-même m'a rendu ce service la semaine dernière, je veux m'acquitter envers toi.

Et le jeune duc de Montmort fit signe à ses amis de le suivre et d'abandonner Paul, dont l'indécision lui paraissait aussi ridicule que déplacée; ce dernier se repentait d'avoir pris pour confidens d'une passion ou plutôt d'un caprice naissant, ses amis de débauches; mais il n'était plus temps de reculer en arrière, et tout en déplorant la violence qu'on allait faire à la jeune femme dont la beauté avait bouleversé sa raison, Paul de Saint-Aignan suivit ses complices à la trace, et les atteignit au moment où le jeune duc de Montmort apostrophait fort cavalièrement la future maîtresse de son ami Paul.

Séraphita avait jeté un cri d'effroi, et ce cri avait vibré dans la foule; c'était comme un appel qu'elle faisait au courage du premier venu, et parmi les promeneurs — c'était un dimanche, — il se trouvait bon nombre de bourgeois qui ne furent pas fâchés de donner une leçon à des habits brodés; plusieurs d'entre eux s'avancèrent rapidement, afin de se procurer cette petite satisfaction; mais déjà Paul de Saint-Aignan avait pris le bras de Séraphita, et d'un sérieux, qui faisait pouffer de rire le duc de Montmort et ses compagnons, il s'était écrié en enfonçant son chapeau sur ses yeux :

— Ah ! messieurs les godelureaux ! ce n'est pas assez de vous donner en spectacle avec des filles d'Opéra ou d'autres lieux, vous voulez encore nous enlever et nos mères, et nos femmes, et nos filles ! Ce n'est plus l'obscurité de la nuit que vous cherchez pour commettre vos lâches attentats, mais la clarté du jour !

— Ha ! ha ! ha ! firent les compagnons du duc de Montmort en se tenant les côtes ; quel plaisant moraliste !

— Passage ! s'écria Paul en mettant l'épée à la main.

Ce geste menaçant redoubla l'hilarité que les paroles du jeune Saint-Aignan avaient provoqué ; les bourgeois se tinrent à distance respectueuse, afin d'éviter de faire connaissance avec la flamberge du valeureux champion de la belle inconnue ; le duc de Montmort trouva la plaisanterie assez avant poussée, et du geste, il invita ses joyeux compagnons à faire prompte retraite, car le murmure qui s'élevait du sein de la foule ne pressentait rien d'agréable pour ceux qui donnaient lieu à cette clameur.

Montmort et ses amis sortirent par une des portes de la terrasse des Feuillans et s'en furent à un jeu de paume voisin, rirent ensemble du singulier service qu'ils venaient de rendre au chevalier de Saint-Aignan.

Quant à celui-ci, il n'avait pas perdu son temps auprès de Séraphita; sans lui laisser le loisir de le remercier de l'intrépidité qu'il avait montré dans une circonstance aussi critique, Paul entraîna la jeune étrangère loin de la grande allée où chacun s'étouffait avec une persévérance vraiment comique, et parvenu sous les grands marronniers qui se trouvent à quelque distance, Paul fit asseoir Séraphita qui tremblait, et n'osait lever les yeux sur son libérateur.

— N'avais-je pas raison, madame, alors que je vous disais qu'une promenade publique offrait mille dangers pour une personne aussi jolie que vous l'êtes !

— Monsieur...

— Ce n'est pas un compliment que je vous fais en ce moment, mais un hommage que je rends à la vérité.

— Pardonnez à mon trouble, monsieur, mais une personne qui m'accompagnait...

— A disparu tout-à-coup, sans vous prévenir du motif qui le forçait à vous abandonner au milieu de cette cohue de monde; je sais, madame, qu'une personne de votre maison vous suivait alors que vous entrâtes aux Tuileries, et cet homme était sans doute d'accord avec les étourdis qui vous ont insulté...

— Lui ! il en est incapable!

— Lui! murmura sourdement le chevalier; elle tient à son grand imbécile, sachons si elle est veuve, fille ou femme. — Et il ajouta, en élevant la voix : A Dieu ne plaise, madame, que je calomnie un homme auquel monsieur votre époux est sans doute attaché.

Séraphita garda le plus profond silence.

— C'est cela, murmura Paul avec dépit, j'ai deviné; c'est une femme mariée qui se risquait aux Tuileries sous l'inspection d'une manière d'intendant ou de secrétaire intime. Qu'importe! plus les obstacles sont grands, et plus il y a de gloire pour en triompher... triomphons! répéta-t-il sourdement.

Et pour commencer les hostilités, il supplia Séraphita de lui dicter ses ordres; celle-ci, ne comprenant pas ce que le chevalier voulait dire, s'étonna de sa demande, et Paul lui ayant fait connaître qu'il attendait qu'elle lui eût fait savoir sa volonté pour la conduire à sa demeure, Séraphita chercha d'abord à dissuader son prétendu libérateur de remplir auprès d'elle le rôle de cavalier; Paul tenait à s'assurer de sa proie, et afin d'avoir la possibilité de la retrouver, il voulait connaître sa demeure; les renseignemens à prendre ensuite regardaient son valet; il insista donc et parvint à décider Séraphita, qui s'abandonna à ses soins empressés.

Sa demeure n'était qu'à quelques pas du jardin des Tuileries, et, cependant le chevalier sut employer une grande heure pour reconduire Séraphita à la porte de l'hôtel où elle logeait; et pendant ce trajet, il chercha à s'insinuer dans l'esprit de sa compagne, et pour y parvenir Paul se représenta comme l'unique héritier d'un nom illustre qu'on voulait sacrifier à des vües ambitieuses, intéressées; il n'aimait point la femme qu'on voulait lui faire épouser, car son cœur ne lui appartenait plus.

— Et jugez de mon infortune, madame, ajouta-t-il d'une voix larmoyante — car notre mauvais sujet pleurait très facilement — en obéissant à un ordre rigoureux, en m'immolant à des intérêts que je m'abstiens de qualifier, je rendais la joie à mon vieux père; son blason était à jamais sauvé, son fils devenait le maître d'une immense fortune... Je m'étais résigné, et depuis quelques heures seulement, cet avenir est détruit... Un seul de vos regards a suffi pour allumer dans mon sein un feu inconnu jusqu'alors... Ce que je sens près de vous, aucune femme n'a pu me le faire éprouver...

c'est du bonheur, de la joie... excusez mon délire, madame, mais il est permis à un malheureux de ne rien déguiser, alors que de sa franchise dépend son avenir.

Séraphita écoutait attentivement cette déclaration, qui ressemblait plutôt à une mystification qu'à un de ces aveux qui partent du cœur; elle se demandait si son cavalier voulait s'amuser à ses dépens, lorsque le chevalier, qui devina ce qui se passait dans l'âme de la jeune femme qu'il avait résolu de séduire, s'excusa, avec le ton de la confusion la mieux jouée, de la hardiesse avec laquelle il osait exprimer ce qu'il avait éprouvé, et comme ils étaient arrivés à l'hôtel que Séraphita avait indiqué, Paul prit congé de la jeune femme en lui disant d'une voix suppliante :

— Je n'ai pas le courage de solliciter la

permission de vous rendre ma visite, persuadé que je suis d'avance que vous me la refuseriez.

Séraphita n'articula pas une défense qu'elle savait bien qu'on enfreindrait, si le sentiment que son libérateur feignait d'éprouver était véritable; et Paul prit congé d'elle en se disant :

— Elle est charmante!... je donnerai suite à mon aventure du jardin des Tuileries!

Polycarpe avait disparu brusquement, et l'on sait que ce fut par les soins du jeune duc de Montmort et de ses amis que cet enlèvement d'un nouveau genre eut lieu, dans le but de laisser au chevalier de Saint-Aignan pleine et entière liberté pour courtiser la belle étrangère. Polycarpe avait été conduit au corps-de-garde des Suisses du Pont-

Tournant, sur la recommandation du duc de Montmort, qui avait dit, aux gardiens du jardin, de veiller attentivement sur sa personne, qu'il irait lui-même formuler sa plainte quelques instans après.

Or, il y avait déjà deux heures environ que Polycarpe était détenu, et qu'il exhalait fort poétiquement les ennuis que sa captivité lui faisait éprouver ; il improvisa une espèce d'élégie plaintive, à laquelle les enfans de l'Helvétie ne parurent nullement sensibles, car loin de lui prêter attention, ils continuèrent de causer entre eux dans une langue que Polycarpe ne comprenait pas ; aussi, son incertitude ne faisait-elle que s'accroître à chaque minute qui s'écoulait ; il demanda à parler au commandant du poste, mais celui-ci était absent, et comme il insistait en joignant à sa réclamation quelques gestes expressifs, qu'il crut indispensables pour bien se faire comprendre; mais le sergent, qui avait peu de sympathie pour la nation qui rétribuait chèrement ses services, le sergent donna l'ordre de conduire le malheureux Polycarpe dans un caveau pratiqué sous le fossé bourbeux qui ceignait cette entrée du jardin des Tuileries.

Polycarpe jeta des cris perçans, en se voyant enfermé dans un caveau fréquenté par d'énormes rats et de monstrueux crapauds; il apostropha les murailles qui suintaient, la paille à moitié pourrie sur laquelle il piétinait en maudissant et sa destinée et la promenade que Séraphita lui avait fait faire aux Tuileries; et quand il eût épuisé tout ce que sa mauvaise humeur et son dépit purent lui suggérer de phrases énergiques et de maximes en rapport avec sa situation, il essaya de s'évader.

Mais cette fois Polycarpe fit le triste apprentissage de sa nullité, inhabile aux exercices du corps, qui demandent de l'agilité, il ne put atteindre un soupirail percé à dix pieds du sol, au-dessus de la porte d'entrée du caveau ; il se rejetta sur la porte qu'il voulait ébranler, mais ce fut vainement ; elle était d'une solidité vraiment désespérante.

Alors, Polycarpe, qui avait épuisé tout ce que son imagination avait pu lui fournir de phrases touchantes et de moyens ingénieux, Polycarpe se crut un homme perdu, un homme promis au bourreau et aux horreurs de la potence ; il sentit une sueur froide ruisseler de tous ses membres, il eut des vertiges, des éblouissemens, ses membres se raidirent, et il roula sans connaissance sur le sol humide de sa prison.

II.

L'AMOUREUX EN CAMPAGNE.

— Eh bien, nigaud, que sais-tu, que t'a-t-on dit ?

— D'abord, répondit le valet ainsi interpellé, je ferai observer, à M. le chevalier de Saint-Aignan, que son fidèle Carreau mérite un autre sobriquet que celui de nigaud, attendu...

— Carreau! s'écria Paul, en se levant sur son séant, si tu me fais descendre de mon lit avant une heure d'ici, je te casserai bras et jambes.

— Vous en seriez fâché après, monsieur le chevalier, répliqua le valet sans s'émouvoir, j'ai tout mon sang-froid, et je puis vous raconter, d'une manière satisfaisante, l'histoire de ma matinée...

— Parleras-tu? animal!

— Du moment que vous êtes attentif, poursuivit Carreau, je puis commencer ma narration. Ce matin, avant que les rayons du soleil n'aient doré la cime des arbres du jardin de l'hôtel...

— Fais-moi grâce de tes phrases, imbécile!

— J'ai lu cela dans le *Mercure de France*, répliqua froidement Carreau ; donc, avant que le soleil... *et cætera*, — je me disais : Il s'agit, mon fils — c'est un nom d'amitié que je me donne — il s'agit de prouver à ton noble maître que tu es digne de le coiffer, de le raser et de porter ses billets doux ! Je me lève, échauffé par cette idée de vous être agréable, et me voilà courant de cet hôtel à la rue Grenelle... A la barrière des Sergens, j'ai failli me disputer avec un gabelou qui prétendait que je faisais la contrebande... notre conversation s'est terminée par trois ou quatre bourrades..... que j'ai reçu dans les reins... Le gabelou est traître de sa nature...

— Carreau ! Carreau ! ma patience s'épuise !

— La mienne était à bout lorsque j'abandonnais le gabelou en lui laissant ma malédiction... Le brutal aura du malheur, ou alors... Je poursuivis mon chemin et j'arrivai bientôt dans le voisinage où demeure l'adorable objet que vous voulez honorer de votre amitié, de vos bontés, *et cætera*..... Crac! au moment où je franchissais le seuil d'une porte-cochère, dans laquelle j'espérais obtenir d'utiles renseignemens, je me trouve nez-à-nez avec.... devinez, monsieur le chevalier, devinez un peu avec qui je me suis trouvé nez-à-nez ?

— Misérable bavard ! finiras-tu ?

— J'abrège, monsieur le chevalier, en vous disant sans préparation que j'avais fait la rencontre de ce brutal de Soulignac, le Bordelais maudit, dont vous avez voulu déniaiser la femme; il m'aperçoit et s'élance sur moi avant que j'aie pu me mettre en défense, et je reçois..... dans mes tibias... non, c'était dans mon centre de gravité... ces deux endroits de mon individu, je reçois, dis-je, les plus rudes attouchemens avec explication... Voilà, s'écriait-il, pour ton faquin de maître : c'était un bon coup de pied; voilà, a-t-il continué avec la même pantomime, pour ses visites à madame de Souvignac; ensuite pour ses propos calomnieux..... c'était toujours son même pied qui fonctionnait à mon égard; puis, mon tour est arrivé... Tiens! maraud... et il a levé son poing, voilà comme je paie les services comme les tiens; et une grêle de soufflets, à poing fermé, m'est arrivé sur la physionomie; j'ai voulu crier au secours, il ne m'en a pas laissé le temps...

— Imbécile!

— Oui, je suis un imbécile, de me laisser bénévolement rompre les os à votre service, mais mon attachement à votre personne est fanatique ; je veux qu'on me tue, qu'on m'immole à votre service... Je poursuis ma narration : Le Soulignac m'abandonne, et me sentant libre de circuler à ma guise, je pénètre dans l'hôtel garni où demeure votre perle de beauté... Perle sous sous tous les rapports, attendu qu'elle n'est point Française, et que jusqu'à présent toutes vos maîtresses sont indigènes... donc, c'est une femme neuve sous ce rapport là... ensuite, elle est marquise, et marquise italienne ; ensuite, son mari est en voyage, l'homme de confiance, le *fac totum*, on ne sait où ?... ensuite...

— Trève de bavardages ! s'écria Paul d'une voix retentissante, et fais-moi connaître le résultat de tes démarches. —

— En trois phrases, le voici : la dame est mariée, elle est marquise, et son mari est jaloux.

— Elle est seule dans cet hôtel ?

— Depuis la disparition d'un grand imbécile nommé Pancrace, Ignace, ou quelque chose d'approchant ; on l'a fait chercher vainement hier toute la soirée, sans pouvoir le retrouver.

— C'est bien, j'imagine un moyen de m'introduire auprès de cette piquante Italienne qui se nomme...

— Séraphita de Belmonti. Oh ! l'on sait son affaire.

— Eh bien, subtil et ingénieux Carreau, tu vas me procurer un carrosse de louage, un costume complet de conseiller au Châtelet, et pour toi un uniforme de soldat du guet ; tu t'habilleras en *tristapatte*.

— Pour moi? un uniforme! dit Carreau d'un air surpris, est-ce que nous allons jouer la comédie?

— Précisément, et je te destine le plus beau rôle.

— Et sur quel théâtre allons-nous débuter?

— Dans le salon de la marquise Italienne.

— Vous dites?

— Que nous ferons nos premières armes devant une des plus jolies femmes que je connaisse; il y a là de quoi flatter une vanité plus robuste que la tienne.

— Permettez, M. le chevalier, j'ai une petite, une simple observation à vous faire.

— Une, soit; mais sois court.

— Affublez-vous en conseiller, en président, en greffier même, on en rira; ce sera un bon tour, une espiéglerie! Mais, moi, pauvre diable en livrée, que je me vêtisse d'un uniforme de *tristapatte*, de sergent du guet, savez-vous ce que me vaudra cette petite fantaisie? Quelques années de Bicêtre! Oh! M. le lieutenant de police ne plaisante pas sur ce chapitre; aussi, vous trouverez bon que je m'abstienne du déguisement en question; je tiens à ma liberté!

— Si tu refuses de me suivre chez la marquise de Belmonti, je te chasse!

— Je vous suivrai, monsieur, mais en livrée, en *Frontin* ou en *Scapin*, à votre choix, mais pas en *tristapatte*... J'ai Bicêtre en horreur!

— Carreau! un mot de plus, et je

te fais dépouiller de ta livrée par les palefreniers.

— Mais...

— Je ne veux rien entendre! que dans une heure, le carrosse de louage, et les deux costumes soient prêts, sinon!

— Je vous assure, M. le chevalier...

— Que tu es un sot!...

Et le chevalier sauta au bas de son lit en faisant signe au malheureux Carreau de procéder immédiatement à sa toilette; le valet obéit en grommelant entre ses dents, et surtout en maudissant un caprice qui pouvait le faire séquestrer pendant quelques années du sein de la société. A peine le chevalier eût-il été habillé, qu'il renvoya Carreau, en lui répétant :

— Le carrosse de louage et les deux costumes à mon logement de la rue de la Tixeranderie ; je t'y attendrai !

— Pauvre petite Agathe! murmura Carreau en élevant les mains au ciel ; c'est ton dernier jour ; la marquise Italienne va te remplacer dans les affections de M. le chevalier.

Carreau exécuta ponctuellement ce que son maître lui avait commandé ; le carrosse de louage alla stationner dans la rue de la Tixeranderie, à quelques pas de la maison où M. Paul de Saint-Aignan prodiguait, à la dernière grisette qu'il avait trompée, les consolations qu'une absence de quelques jours rendait nécessaires ; le valet se procura, chez un fripier de Saint-Jacques-la-Boucherie, une défroque de conseiller et un uniforme de tristapatte, usé et rapiécé en vingt endroits différens ; cette emplète lui valut deux écus de gain, et il se consola de se travestir en soldat, en songeant qu'il pouvait exiger de son maître, pour prix de cette complaisance en dehors de son service de valet-de-chambre, une récompense proportionnée à la difficulté du rôle qu'il devait remplir.

Le chevalier, qui ne lui avait laissé qu'une heure pour faire tous ces préparatifs, le fit attendre fort long-temps sur le palier. Carreau avait beau tousser, éternuer; son maître ne se pressa pas davantage de congédier l'inconsolable Agathe qui lui faisait répéter, pour la dixième fois, qu'il ne l'abandonnerait pas à sa douleur et à son désespoir.

Enfin, la porte du palier s'ouvrit.

Agathe sortit, la tête baissée, les yeux humides de larmes, et les joues couvertes d'une teinte d'incarnat ; la pauvre enfant poussait des soupirs à fendre le cœur le plus inhumain. Le chevalier la suivait en disant :

— Allons, petite, sèche tes pleurs et sois raisonnable.

— Je ne peux pas, M. Paul, répondait la grisette d'une voix que les sanglots étouffaient.

— Diable ! diable ! se dit Carreau, en clignant les yeux, je crois que ma faction va recommencer.

Le valet en fut quitte pour la peur. Le chevalier reconduisit la grisette jusqu'à la porte de la rue, en lui prodiguant, du ton le plus affectueux, les phrases consolantes et les sermens d'une fidélité que rien ne pourrait ébranler ; aussi, les deux amans se séparèrent-ils fort contens l'un de l'autre.

Paul de Saint-Aignan remonta lestement les quatre étages, et poussa Carreau devant lui en s'écriant :

— Ouf ! j'ai cru que je ne pourrais m'en débarrasser.

— Elle, si gentille, si drôlette ! cette petite Agathe.

— Oui, mais j'en ai par-dessus les oreilles, dit le chevalier, et afin d'ôter à la petite personne la possibilité de venir me rappeler des promesses, que je n'ai point l'envie de tenir, tu vas, aujourd'hui même, et sans tarder davantage, donner congé de cette chambre....

— Ah ! vous voulez?...

— Changer de quartier, afin de faire perdre ma trace aux innocentes victimes... presque toujours aguerries, malheureusesement! qui ont succombé dans cette chambre.

— Eh bien, M. le chevalier, cette résolution-là mérite les plus grands éloges, et du moment que vous renoncez à désoler le beau sexe de ma caste, les pauvres petites roturières, je dois vous bénir...

— Imbécile! habille-moi, et sois prompt!

— Vous allez être déguisé au une seconde et béni en même temps, reprit Carreau en se mettant à dépouiller son maître des vêtemens qu'il portait, pour l'affubler de la souquenille d'un conseiller au Châtelet.

Cette métamorphose s'opéra lestement, mais ce ne fut pas sans que Carreau eût achevé de donner à son jeune maître la kyrielle de bénédictions que la conduite future de ce dernier lui paraissait mériter.

Le prétendu conseiller au Châtelet et le

tristapatte de contrebande avaient achevé leur toilette; ils se donnèrent mutuellement des conseils sur la tenue que chacun d'eux devait observer; Carreau recommanda au chevalier d'affecter une tournure raide et guindée, et surtout d'avoir dans la conversation une impassibilité qui était le caractère distinctif des gens de robe; à son tour, le chevalier de Saint-Aignan corrigea les gestes arrondis, le laisser-aller de son valet qui essayait de se donner des airs de matamore, sous son ridicule uniforme.

—Partons! s'écria le chevalier, et puisse l'amour de ma belle me récompenser des peines que je me donne en ce jour!

— Partons, répéta Carreau d'une voix sourde, et puisse le lieutenant de police et le commandant du Guet me laisser en paix cette journée!

Ils montèrent dans le carrosse de louage

qui les conduisit à la porte de l'hôtel où demeurait la marquise de Belmonti.

— Comment débutons-nous? demanda Carreau à son maître.

— Ceci me regarde, répliqua celui-ci d'un air distrait.

Et le chevalier s'avança dans la cour en demandant à parler à madame la marquise de Belmonti.

On s'empressa de conduire le prétendu conseiller, et le *tristapatte* qui l'accompagnait, à l'appartement de la jeune Italienne qui, d'abord, ne voulut recevoir personne. Paul s'y attendait, et il déclina ses titres et qualités, et devant ces mots : Un conseiller au Châtelet! toutes les portes s'ouvrirent.

— Diable! diable! murmura Carreau en serrant les poings, attention au dialogue de mon maître, et sachons nous pénétrer du rôle que je joue ici.

Carreau alla se poser, raide et droit comme un piquet, à la porte qui ouvrait sur l'escalier. Le chevalier s'avança, d'un pas mesuré, vers le fauteuil occupé par Séraphita, et la salua du geste en disant :

— Ma visite ne doit pas inspirer d'effroi à madame la marquise; mon but, en me présentant chez elle, est de la rassurer sur le sort d'une personne de sa maison...

— Enfin, Monsieur, on est parvenu à découvrir la retraite du malheureux Polycarpe! s'écria Séraphita.

— Ah! c'est Polycarpe qu'il se nomme, dit le chevalier, c'est bon à savoir; maintenant, droit au fait, et ne trébuchons pas.

— Quel motif empêche ce malheureux Polycarpe d'être ici? demanda Séraphita; arrivé depuis trois jours seulement dans cette ville, il n'y connait personne...

— Mais la justice le connaissait, répliqua froidement le chevalier en donnant à cette réponse ambiguë toute la sécheresse possible; oui, madame la marquise, la justice guettait l'arrivée de ce Polycarpe, de cet homme dangereux pour la société qui doit le rejeter de son sein.

— Il y a sans doute quelque erreur, dit Séraphita avec le ton de l'insistance, et si M. de Belmonti était ici, je ne doute pas que ce mystère ne s'éclaircisse à l'instant... Au surplus, il arrive ce soir, et fera toutes les démarches nécessaires pour faire rendre la liberté à ce malheureux.

— Ce serait vainement, Madame, démarches et sollicitations resteront sans effet, car les causes qui font traduire le sieur Polycarpe devant le grand Châtelet sont d'une gravité telle, que l'issue du procès est connue d'avance.

— Vous me faites trembler, Monsieur, et je ne sais comment accorder les paroles de tout-à-l'heure avec les premières phrases que vous prononçâtes en entrant dans ce salon. Vous veniez, disiez-vous, me rassurer sur le sort d'un domestique fidèle, et maintenant c'est son trépas que vous m'annoncez ?

— Je joue mal mon rôle, pensa Saint-Aignan, brusquons le dénoûment, ou c'est fait de ma comédie !

— Il s'embrouille ! il s'embrouille ! répétait tout bas Carreau ; diable ! diable ! le personnage muet est un rôle bien sot ! A quoi bon mon déguisement ? je suis un véritable zéro ici ! chien d'habit !

— Enfin, Monsieur, dit Séraphita d'un ton qu'elle voulait rendre sévère, puis-je savoir le motif d'une visite que rien ne semble autoriser.

— Oui, madame la marquise, répliqua le chevalier; ce Polycarpe, que nous avons maintenant dans les cachots du grand Châtelet, se réclame de vous; il prétend qu'il est depuis long-temps à votre service, et que vous pouvez donner sur son compte les renseignemens les plus favorables...

Séraphita allait dire que Polycarpe mentait; mais la vivacité avec laquelle Saint-Aignan reprit sa narration l'en empêcha.

— Ces renseignemens atténueraient sans doute la rigueur de l'arrêt qui le frappera, et c'est pour vous inviter à venir faire cette importante déposition au grand Châtelet que je me suis transporté chez vous; j'espère, madame la marquise, que ma démarche ne sera pas infructueuse, et... — Allons! murmura-t-il entre ses dents, voici que je dérai-sonne; je ne suis pas dans l'esprit de mon rôle.

Séraphita hésitait à faire une réponse, et cependant il répugnait à son cœur d'abandonner, aux horreurs de la captivité, un malheureux victime de l'erreur ou d'une fatale ressemblance. Le chevalier de Saint-Aignan s'était levé, il avait fait le tour du salon après avoir articulé, d'une voix gutturale :

— Mon carrosse est en bas, madame la marquise, et je suis à vos ordres.

— Allons! se dit Séraphita, qu'ai-je besoin d'attendre le retour de Fabiani pour faire une bonne action? D'ailleurs, ne suis-je pas libre et maîtresse de mes volontés?...

Et s'adressant au prétendu conseiller, qui

se pinçait les lèvres et semblait être sur des charbons ardens, elle lui dit :

— Dans un moment, Monsieur, je serai prête à vous suivre.

Saint-Aignan se contenta d'une petite inclination de tête pour témoigner qu'il était satisfait, et Séraphita rentra dans sa chambre à coucher pour achever sa toilette.

— Nous sommes au moment le plus scabreux, dit Carreau à son maître.

— Et tu devines mal, répondit le chevalier en s'essuyant le front; le plus difficile est fait maintenant, et une fois que je la tiendrai dans mon carrosse, elle n'aura plus de résistance à m'opposer; je triompherai de sa vertu et de ses principes... Si toutefois elle en a.

— Elle en aura, gardez-vous d'en douter,

dit Carreau d'un air malin; femme qu'on enlève malgré sa volonté a toujours une vertu intraitable et des principes auxquels on ne peut faire entendre raison.

— Chut! la voici!

Séraphita revint dans le salon; sa mantille noire faisait admirablement ressortir les tons fermes et vigoureux de son visage, le brillant et la vivacité de ses yeux; elle s'avança vers le conseiller, et lui offrant sa main, elle balbutia, d'une voix faible, qu'elle désirait abréger le temps d'une démarche qui lui était pénible.

— Pauvre petite marquise! pensa Carreau, combien ta sécurité me fait de peine! la voilà dans les griffes du démon!

— Sergent! ouvrez cette portière! s'écria le conseiller d'une voix impérative.

Et le chevalier de Saint-Aignan fit quelques pas en donnant la main à la belle Italienne ; mais à peine Carreau avait-il ouvert l'un des battans de la porte, que le maigre et fantastique Polycarpe s'y présenta, en criant d'une voix enrouée :

— Justice ! madame la marquise, justice contre les traîtres qui se sont joués de moi !

L'arrivée de Polycarpe ressemblait assez à une apparition, et le désordre de ses vêtemens, sa figure pâle, hébétée, ses yeux hagards, et les traces visibles de son séjour dans un cachot humide, achevaient de lui donner un je ne sais quoi d'épouvantable et de hideux tout à la fois ; en l'apercevant, Séraphita jeta un cri d'effroi, et s'éloigna du prétendu conseiller qui maudissait tout bas l'arrivée d'un imbécile qui renversait les plans qu'il avait formés.

Carreau, lui seul, ne faisait point de conjectures; il se voyait la proie du lieutenant de police, et tremblait de tous ses membres en songeant à Bicêtre, ce lieu d'épouvantail pour les gens du peuple.

— M'expliquerez-vous, Monsieur, dit Séraphita en s'adressant au prétendu conseiller, m'expliquerez-vous ce que tout cela signifie?

Polycarpe prit la parole, et donna ainsi le temps au chevalier de Saint-Aignan de rassembler ses idées.

— Madame la marquise! s'écria l'ex-poète orléanais, l'infortuné Polycarpe, sachez quelles angoisses ont été mon partage depuis hier! Tandis que nous nous promenions dans le jardin des Tuileries, plusieurs hommes assez richement vêtus se sont approchés de moi, et après m'avoir considéré avec attention, ils ont ri aux éclats, puis, des gardes, des domestiques en livrée, je ne sais trop, m'ont pris au collet et traîné dans un infect corps-de-garde; j'ai protesté de mon innocence. J'en avais le droit. J'ai demandé des juges, c'était encore mon droit : protestations, prières et explications, ils ont tout méprisé, et afin de m'imposer silence, de grossiers soldats m'ont jeté dans un cachot noir et humide, où je suis resté vingt-quatre heures en maudissant mes geôliers, ceux qui causaient mon malheur, et notre promenade aux Tuileries!

Et Polycarpe, épuisé par cette longue tirade et les fatigues de sa séquestration, se laissa tomber dans un fauteuil où il ne tarda pas à s'endormir.

— Cet homme a le cerveau un peu fêlé, dit le chevalier de Saint-Aignan en se rapprochant de Séraphita, heureusement que son identité a été reconnue...

Saint-Aignan s'interrompit. Un éclat de rire bruyant lui avait coupé la parole. Séraphita se livrait aux élans d'une gaîte folle, provoquée par le dérangement de la perruque du prétendu conseiller; le chevalier vit que sa ruse était découverte, et sans attendre plus long-temps les résultats d'une démarche qui pouvait être fatale à son amour, il se précipita aux pieds de Séraphita, en lui disant :

— Adorable amie, reconnaissez, dans ce magistrat pour rire, votre libérateur du jardin des Tuileries; l'homme auquel vous avez eu la cruauté de refuser une grace qui l'eût rendu si heureux !

— Relevez-vous, Monsieur, dit Séraphita d'une voix sévère; ces extravagances me déplaisent et m'offensent.

— Croyez bien que mon attention...

— Dois-je vous céder la place? ajouta Séraphita en faisant un mouvement pour sortir.

Saint-Aignan se releva, et attendit, dans une attitude qu'il sut rendre humble et soumise, ce que Séraphita allait lui ordonner.

— Vous savez sans doute qui je suis, Monsieur, dit la jeune Italienne en se croisant les bras.

— Je vois que vous êtes digne des hommages les plus respectueux, répondit le chevalier de Saint-Aignan.

— Je suis mariée, Monsieur, continua Séraphita.

— Hélas! Madame, l'amour ne connaît point d'obstacle!

— Un amour criminel doit être un objet d'horreur pour quiconque porte un cœur honnête.

— Si nous faisons de la philosophie morale, pensa le chevalier, ce sera à mourir d'ennui. Obtenons la permission de revenir ou faisons prompte retraite.

Et sans attendre plus long-temps, le chevalier saisit la main de Séraphita, et l'entraînant dans l'embrâsure d'une croisée, il lui dit avec le ton de l'exaltation :

— Adorable marquise, votre rigueur est inconcevable ; mais je ne désespère pas de détruire les préventions qu'une extravagance a fait naître dans votre esprit ! Foi de chevalier ! Madame, je tiens à honneur de me disculper des torts que vous me supposez, et un Saint-Aignan n'a jamais manqué de parole à personne... Sortons ! cria-t-il à son valet.

Celui-ci grommelait entre ses dents.

— Notre comédie est pitoyable ! M. le chevalier patauge ! et moi je ressemble à ces hommes de cire qu'on montre pour deux sous dans les fêtes de village !

Le chevalier et son valet quittèrent fort lestement l'hôtel de la belle marquise de [illegible], et se jetèrent dans le carrosse de louage qui les ramena rue de la Tixeranderie, où ils se dépouillèrent de leurs vêtemens d'emprunt. Carreau se félicita de n'avoir pas fait de mauvaise rencontre, tandis que son maître fulminait et donnait à tous les diables le projet qui lui avait suggéré de s'affubler d'une souquenille de juge pour s'introduire auprès de la femme dont la beauté l'avait subjugué.

— J'emploierai une autre moyen, se dit-il, mais, en attendant, il me faut de l'argent;

allons chez mon maître juif, et puisse-t-il être sensible à mes sollicitations!

— Bien pensé, ajouta Carreau, allons chez ce marchand d'argent, car notre caisse est vide, et je ferai en sorte de lui attraper un à-compte sur mes gages, ajouta le valet en toussant légèrement ; le valet de chambre a des besoins comme le maître... c'est si naturel!

III.

VOYAGE ET RETOUR.

Nous avons vu l'Italien Fabiani quitter précipitamment Paris et se rendre à Rouen, dans l'espérance d'y rencontrer le comte de Castellemar qui, lui avait-on dit, possédait des propriétés considérables aux environs de la capitale du pays normand.

En effet, les renseignemens se trouvèrent exacts; Fabiani put se convaincre par ses propres yeux que le comte de Castellemar avait une de ces fortunes colossales qui depuis se sont disséminées entre une foule d'héritiers de tous les degrés. Plusieurs domaines, une quantité innombrable de fermes en plein rapport, des bois qui attendaient une coupe prochaine; voilà ce que l'Italien put examiner à son aise pendant les huit jours qu'il employa à questionner les fermiers, les gardes-chasses, et voir même jusqu'aux curés des petits hameaux dans lesquels M. de Castellemar exerçait ses droits seigneuriaux.

Les renseignemens que Fabiani put rassembler se coordonnaient parfaitement avec les faits accomplis; M. de Castellemar avait pour habitude de passer une grande partie de l'été dans son domaine de Villebois, situé sur les bords de la Seine et aux portes de Rouen; pendant deux années, il avait voyagé à l'étranger; c'était la première fois, depuis son retour en France, qu'il venait visiter ses vassaux, et chacun se faisait une fête de le recevoir, car chacun aussi avait à se louer de l'humanité ou de la générosité du comte de Castellemar.

Les questions que Fabiani adressait aux fermiers chez lesquels il s'arrêtait, sous prétexte de se délasser des fatigues d'une promenade entreprise sans but arrêté, les commentaires auxquels il se livrait, sans remarquer l'étonnement que ses paroles provoquaient, l'ironie avec laquelle il accueillait le récit des bonnes actions du comte de Castellemar, faillirent lui coûter la vie; mais, grâce à son sang-froid, et à une paire de pistolets qui ne le quittait jamais, il parvint à échapper à une douzaine de garçons de ferme qui s'apprêtaient à lui faire un mauvais parti.

Voici à quelle occasion.

On racontait devant Fabiani l'histoire de la Roche-Noire ; c'était encore une des bonnes actions du comte de Castellemar. La Roche-Noire était un moulin situé dans le domaine de Villebois ; il prenait son nom d'un rocher qui détournait le maigre filet d'eau à l'aide duquel le meunier parvenait à faire mouvoir son usine. Il arriva que la source vint à se tarir, et que le meunier se vit forcé de renvoyer ses pratiques ; et cependant, l'époque de son renouvellement de bail approchait ; il devait deux années de fermage et le pauvre diable avait besoin, plus que jamais, de travailler pour s'acquitter envers l'intendant du comte ; et celui-ci, comme tous les intendans nés et à naître ; ne connaissait qu'une chose : c'était une rigoureuse exactitude dans les paiemens qu'on devait lui faire ; or, Nicolas, le meunier, était très mal noté dans son esprit, et il n'attendait qu'une occasion favorable pour déposséder Nicolas du moulin qu'il exploitait.

Pour surcroît de malheur, Nicolas tomba malade. Alors le rigide intendant mit les collecteurs en campagne, et quelques jours après, ceux-ci vendaient, sur la place de l'église, les meubles et les ustensiles du meunier Nicolas ; et le pauvre diable, qu'on avait arraché mourant de son lit, s'était fait transporter sur le lieu où s'opérait la vente, dans l'espoir d'attendrir l'intendant qui assistait, d'un œil sec, à la ruine d'un malheureux père de famille.

Déjà les armoires, les lits, quelques

vieilles chaises, et la garde-robe du débiteur avaient été mis aux enchères et enlevés par les acheteurs accourus des hameaux voisins; on allait procéder à la vente des ustensiles servant à l'exploitation du moulin, lorsque le comte de Castellemar, qui venait d'arriver à son château de Villebois, et qui avait appris et la rigueur de son intendant et l'état de détresse d'un de ses paysans, le comte de Castellemar monta à cheval et vint à franc étrier au hameau de la Roche Noire afin d'empêcher la vente des meubles du meunier Nicolas.

Il se fit expliquer par son intendant les motifs qui avaient pu le déterminer à poursuivre avec autant d'acharnement un père de famille, dont on citait la probité; l'intendant répondit qu'il lui était dû deux années de revenu, que le moulin, exploité par Nicolas, se trouvait, par suite de la négligence de ce dernier, dans un état de délabrement qui l'avait déterminé à l'expulser, afin de le faire démolir ; il termina en disant au comte que ce n'était pas avec de bons procédés qu'on menait les paysans, mais avec des menaces et les collecteurs.

M. de Castellemar tourna le dos à son intendant, et s'approcha du pauvre Nicolas auquel il donna sa bourse en lui disant :

— Du courage ; mon brave homme, c'est une mauvaise journée que je vous ferai oublier.

En effet, le comte de Castellemar prit soin de Nicolas pendant sa maladie ; il plaça ses deux garçons dans de bonne conditions, et maria sa fille à l'un de ses gardes-chasse, et celui-ci se trouva très honoré de prendre une compagne du choix de son maître, qui dota la jeune fiancée.

Cette dernière générosité avait provoqué, de la part de Fabiani, un éclat de rire qui scandalisa le narrateur; il interpella vivement l'Italien et lui demanda le motif de son hilarité; à cette question, qui devait nécessairement amener une explication, que Fabiani ne se souciait point de donner; ce dernier se leva, et d'une voix qui commandait l'attention, il dit :

— Vous voulez savoir ce qui a pu, dans le récit que vous venez de me faire, provoquer ma gaîté; ceci est mon secret, mes drôles, et je doute fort que votre noble maître, M. de Castellemar, apprenne avec plaisir que je vous ai pris pour mes confidens.

C'est à ce moment que le groupe, qui se formait autour de l'Italien, était devenu plus compact, en même temps que les murmures, qui partaient de son sein, prenaient un caractère vraiment menaçant; Fabiani sut deviner le danger auquel il était exposé, et sans s'émouvoir, il fit un geste impérieux pour demander qu'on lui permît de se retirer; cette invitation muette n'ayant pas été comprise, Fabiani avait armé ses pistolets, et d'une voix tonnante, il s'était écrié :

— Passage! misérables, ou quelques-uns d'entre vous vont mordre la poussière!

Cette action hardie stupéfia les paysans qui reculèrent spontanément et laissèrent l'Italien s'éloigner, sans lui avoir fait expier ce qu'ils appelaient une abominable insulte.

Fabiani put se convaincre que le comte de Castellemar n'était pas un homme ordinaire, et en comparant sa conduite à Florence et à Naples avec l'extrême bonté qu'il affichait dans ses domaines, il se demanda quel motif avait pu le déterminer à abandonner lâchement Séraphita à Florence; Séraphita dont l'ame naïve, l'inexpérience et la beauté devaient la préserver des suites funestes d'une vulgaire séduction.

— Quelles que soient les raisons qui ont contraint le comte de Castellemar à fuir nuitamment de Florence, à abandonner Séraphita à son désespoir, à ses remords, je le contraindrai à réparer ses torts envers elle..... Ah! monsieur, vous êtes un riche et puissant seigneur, et vous ne sécheriez pas les pleurs que vous faites répandre! vous nous reniériez, parce que votre caprice est passé, vos désirs éteints... Non, pardieu! cela ne sera pas... avant peu, vous aurez la preuve du contraire!

Tout en discourant, Fabiani était arrivé à la grille du magnifique domaine de Villebois; un coup-d'œil jeté sur ses vêtemens, lui apprit qu'il fallait aborder chapeau bas le concierge qui se promenait à peu de distance de la grille. Fabiani prit une attitude humble et s'avança vers le valet, qui le toisait de la tête aux pieds avant de lui demander ce qu'il voulait.

Fabiani entama l'entretien par un salut extrêmement respectueux, puis, il s'informa si M. le comte de Castellemar était au château.

— Il y est, répondit sèchement le valet en continuant son inspection inquisitoriale.

— Je voudrais lui parler, ajouta Fabiani.

— Vous !!!

Et l'expression avec laquelle le valet avait articulé ce mot, semblait dire : Un homme de votre sorte ne peut avoir l'honneur de parler à M. le comte.

— C'est aux antichambres qu'il faut que je m'adresse, reprit Fabiani, qui avait réprimé un mouvement d'impatience et de colère en entendant l'insolente interpellation du laquais.

— Aux antichambres! répéta le concierge en souriant, mais il me semble que je ne vous ai pas permis de franchir cette enceinte.

Fabiani ne s'arrêta pas plus long-temps à discuter avec un rustre en livrée; il s'achemina vers le château, qu'on apercevait au bout de l'avenue, malgré les observations pleines d'aigreur du concierge qui essaya, mais vainement, de s'opposer à son passage.

L'Italien était un homme d'une vigoureuse et robuste constitution, et son bras eut bientôt écarté l'épais concierge qui roula sur le sable en poussant des gémissemens plaintifs. Fabiani atteignit le château, et le premier valet qu'il trouva sur son passage fut celui auquel il s'adressa :

— Un écu de six livres pour toi, lui dit-il, si tu parviens à me faire parler au comte de Castellemar.

— Rien de plus facile, répliqua le valet en ouvrant une large main dans laquelle Fabiani glissa la récompense promise; dans un moment, M. le comte doit passer dans cette salle pour se rendre à sa bibliothèque; attendez-le, vous ne pouvez mieux faire.

— Merci! j'attendrai!

Et Fabiani se jeta sur une banquette;

deux heures s'écoulèrent sans que le comte eût paru ; ennuyé d'une aussi longue attente, l'Italien allait pénétrer dans les appartemens, lorsqu'il se sentit saisi au collet par deux grands drôles, qui le conduisirent très poliment jusqu'à la grille du château, en lui intimant l'ordre de ne pas essayer de nouveau de s'introduire dans l'intérieur, sinon qu'on pourrait le considérer comme un voleur, et le traiter comme tel.

Fabiani objecta qu'il voulait parler au comte de Castellemar, et qu'un de ses domestiques avait dû le prévenir qu'il attendait le moment de lui être présenté ; les deux grands laquais lui rirent au nez, en disant qu'on s'était moqué de lui, puisque M. de Castellemar avait quitté Villebois le matin même pour retourner à Versailles.

— Maudit contre temps ! s'écria Fabiani

lorsqu'il se vit seule et libre de s'éloigner, ce comte de Castellemar est donc un être aérien qu'on ne peut rencontrer ici-bas!.. A Versailles! ont dit ses laquais; eh bien! soit! à Versailles! demain soir, j'y arriverai, et puissé-je, cette fois, me trouver face à face avec le séducteur de Séraphita.

IV.

UN CONTRAT DIFFICILE.

— Eh bien, monsieur l'abbé, vos prévisions étaient-elles fondées, et cette demoiselle Guimard, cette danseuse de mauvaises mœurs, est-elle décidée à faire connaissance avec le For-l'Évêque ou à bannir mon fils de sa dangereuse intimité?

Et le marquis de Saint-Aignan, en adressant ces questions successives à l'abbé Volmar, semblait vouloir deviner sur le visage de ce dernier les réponses qu'il allait lui faire. Volmar ne se pressa pas de répondre, il cherchait ce qu'il allait dire au marquis, et ses idées ne s'arrangeaient que difficilement dans son esprit; enfin, après un moment de silence, il dit, d'un ton lent et mesuré :

— Mademoiselle Guimard est une femme avec laquelle on peut entrer en arrangement; au moyen d'une indemnité, proportionnée à l'étendue du sacrifice qu'elle nous fait aujourd'hui, soyez certain, monsieur le marquis, que sa porte restera fermée à monsieur Paul, et que ni les prières, ni les menaces de celui-ci, ne pourront ébranler la résolution de mademoiselle Guimard; elle s'engage à ne jamais le revoir.

— Mais si elle manquait à sa promesse? dit le marquis.

— Afin de lui en ôter la fantaisie, poursuivit l'abbé, nous aurions à notre disposition une lettre de cachet qu'il nous serait facile de mettre à exécution; croyez bien, monsieur le marquis, que nous la rendrons docile en la laissant sous le poids de cette vengeance aussi terrible qu'inattendue.

— Fort bien; mais mon fils!

— M. Paul a cessé, de lui-même, d'aller chez mademoiselle Guimard; depuis quelques jours sa conduite est plus régulière: il rentre chaque soir à l'hôtel...

— Oui, je le sais.

— Ceci est d'un heureux présage, continua l'abbé Volmar; monsieur le comte de Castellemar, auquel j'ai appris vos intentions, veut hâter les préparatifs d'un mariage qui établira honorablement sa fille, et rapprochera deux nobles maisons désunies à propos de je ne sais quelle misérable dispute de préséance.

Saint-Aignan fronça le sourcil et frappa du pied.

Volmar continua :

— J'ai sur moi un projet de contrat; M. de Castellemar y assure à sa fille cent mille écus, son domaine de Villebois, situé aux environs de Rouen, et l'hôtel qu'il possède à Paris; ces deux propriétés sont estimées cinq cent mille écus; c'est une fort belle dot!

— Et quelles sont les prétentions du comte? dit le marquis.

— Elles sont peu élevées; il n'exige pas

de douaire pour sa fille; les deux fortunes seront administrées sous le régime de la communauté; ce qu'il demande, c'est que M. Paul ait une place de gentilhomme de la chambre, que sa majesté signe au contrat de mariage, et enfin, qu'il obtienne pour lui-même le cordon de chevalier du Saint-Esprit qu'il sollicite vainement depuis un an.

— Est-ce là tout? demanda M. de Saint-Aignan avec un mouvement d'impatience.

— Ce sont les articles les plus importans, répondit Volmar, qui s'étonnait de la mauvaise humeur qui se manifestait sur le visage du marquis; les autres regardent les notaires des deux familles; ceci s'arrange entre les gens de cette espèce.

Monsieur de Saint-Aignan sonna et ordonna, au valet qui accourut savoir ce qu'il demandait, de dire à M. Paul de Saint-Aignan que son père désirait lui parler.

Quelques instans après, Paul entrait dans le cabinet du marquis, le sourire sur les lèvres, l'air joyeux, mais à la vue de M. l'abbé Volmar, son front s'assombrit; il ne rendit pas le salut que Volmar s'était empressé de lui faire, et s'approcha de son père pour lui dire :

— Vous m'avez fait demander, monsieur?

— Oui, chevalier; j'ai à vous entretenir de choses graves auxquelles je vous prie de prêter toute votre attention.

Paul s'assit commodément dans un fauteuil, et en voyant que l'abbé Volmar suivait son exemple, il murmura entre ses dents :

— Ah! c'est de la morale en deux parties

que nous allons entendre; remontrances paternelles d'un côté, sermon d'église de l'autre; puissé-je ne pas dormir en les écoutant.

Le marquis de Saint-Aignan, encouragé par un signe de l'abbé Volmar, commença ainsi :

— Chevalier, vous avez vingt-cinq ans; il est temps de songer à vous établir, à vous marier...

Paul ne donna pas la plus petite marque de surprise; il voulait attendre la conclusion de l'exorde paternelle pour répondre. Le marquis, charmé de son silence, adoucit un peu la rudesse de sa voix et poursuivit son discours.

— Jusqu'à présent, j'ai cru devoir fermer les yeux sur des désordres, que votre obéissance d'aujourd'hui m'aidera facilement à oublier; mais cependant, le soin de votre avenir, le nom que vous portez, me faisaient un devoir de veiller sur votre conduite, et d'agir sévèrement au cas où vous ne vous montreriez pas docile à mes volontés. Il en est autrement, et croyez que je m'en félicite.

Même attention de la part de Paul, nouveau signe de l'abbé Volmar, dont le regard semblait dire :

— Eh bien! vous ai-je trompé?

Le marquis de Saint-Aignan était enchanté d'une soumission à laquelle il ne s'attendait pas.

— J'ai donc songé à vous trouver une femme, reprit le marquis; elle est digne de vous et de moi, et c'est à mademoiselle de Castellemar que vous serez fiancé demain.

— Demain ! dit Paul en souriant, c'est un peu prompt.

— En seriez-vous contrarié, lui demanda Saint-Aignan.

— Pas précisément, reprit Paul, mais il me semble, qu'avant de conclure cet hymen, il serait convenable que j'eusse une entrevue avec mademoiselle de Castellemar.

— Ce n'est pas absolument nécessaire, articula l'abbé Volmar.

— M. l'abbé est mauvais juge pour tout ce qui regarde l'étiquette et les convenances, ajouta Paul avec vivacité, et c'est à mon père et non à lui, que j'adresse une observation que je crois juste et fondée.

Volmar se pinça les lèvres en grommelant :

— Quelle impertinence! ce jeune homme ne respecte pas l'habit que je porte.

M. l'abbé ne s'apercevait pas ou feignait de ne pas s'apercevoir que ses avis étaient déplacés dans la discussion qu'on agitait en sa présence.

—Enfin, chevalier, reprit le marquis, vos scrupules ne sont éveillés que par la promptitude avec laquelle nous voulons conclure un hymen résolu depuis long-temps?

— Et dont vous m'avez laissé ignorer le projet, ajouta Paul avec le ton de l'ironie.

— C'est un reproche que vous m'adressez, chevalier.

— C'est une observation que je me permets de vous faire.

— J'y répondrai en vous disant que l'entrevue que vous désirez aura lieu avant la signature du contrat; à cette occasion, le comte de Castellemar donne un grand bal auquel il a invité tout ce que la noblesse compte d'illustre, tout ce que la magistrature a de plus distingué; vos fiançailles se célèbreront avec un éclat inaccoutumé.

— Vous tendez un appât à ma vanité, mais lorsqu'il s'agit d'accomplir le sacrifice de ma liberté, de mon avenir, il me sera permis, je pense, de mépriser ce vain éclat qui éblouit le vulgaire, et de vouloir fermement m'assurer de la réalité du bonheur qui m'est offert.

— Sont-ce des détours pour arriver à un refus formel? s'écria le marquis en perdant tout-à-coup sa tranquillité d'esprit;

que dois-je conclure de ce que je viens d'entendre ?

— Que monsieur votre fils désire connaître la situation du cœur de mademoiselle de Castellemar, avant de donner son consentement à un hymen qu'il désire autant que vous.

Paul avait écouté en silence l'interprétation que l'abbé Volmar venait de donner à ses paroles ; mais loin de le remercier du prétendu service que l'abbé croyait lui rendre, il s'approcha de son fauteuil, et lui dit :

— Monsieur l'abbé, vous êtes prêtre et non pas homme d'affaires ; vous dirigez les consciences dans les voies du salut, et ne vous occupez pas de choses mondaines, d'alliance, d'établissement et de contrat ; aussi, je ne crois pas avoir besoin de vous rappeler une seconde fois que si votre présence est déplacée dans ce moment, il serait sage à vous de garder le silence, afin de la rendre moins insupportable.

— Chevalier! dit le marquis avec le ton de la sévérité, monsieur l'abbé Volmar est mon ami, mon confesseur, et à ces deux titres, il mérite votre respect.

Paul fit un mouvement pour sortir, mais un geste de son père l'en empêcha; il se croisa les bras sur la poitrine, et articula d'une voix forte ces vers de *Molière* :

Je ne sais rien qui soit plus odieux
Que le dehors plâtré d'un zèle spécieux ;
Que ces francs charlatans, que ces dévots de place !

— Chevalier! vous insultez monsieur l'abbé!...

— Monsieur le marquis, je n'ai pas l'habitude de semblables discussions, lorsque vous serez seul, je viendrai entendre, de votre bouche, l'expression de votre volonté; souffrez donc que je me retire.

M. de Saint-Aignan se leva et entraîna son fils dans un salon voisin, et là, après lui avoir serré la main, il lui dit d'un ton pénétré :

— Chevalier, c'est votre bonheur que je veux avant tout; et en vous unissant à la fille du comte de Castellemar, je crois avoir trouvé le véritable moyen de le fixer dans votre maison. Une jolie femme aussi belle que spirituelle, aussi vertueuse que bien élevée, une grande fortune, et une parenté qui peut rivaliser avec les Duras, les Polignac, les Mortemart et les Richelieu, voilà quels sont les avantages que vous trouvez dans l'alliance qui s'offre à vous.

— Certes, vous faites un tableau flatteur de l'hymen que vous me proposez, mais sans vouloir refuser ni détruire votre ouvrage, vous me permettrez d'insister sur la précipitation avec laquelle des arrangemens aussi importans ont été pris ; je vous ai demandé, non comme une faveur, mais comme un devoir que je crois devoir remplir envers mademoiselle de Castellemar, de différer la signature d'un contrat que je déchirerais avec horreur, si on avait contraint ma fiancée à un hymen qu'elle détesterait au fond du cœur ; en un mot, avant que de la nommer mon épouse, je veux savoir si son cœur est libre.

— S'il en était autrement, chevalier, je vous laisserais toute liberté pour vous en assurer; le cœur de mademoiselle de Castellemar est parfaitement libre; on ne lui a pas laissé ignorer le nom de son futur époux, et elle en a manifesté sa joie, car vous vous connaissez déjà... Vous avez dansé un menuet chez la princesse de Guéménée.

— Je ne me rappelle ni le menuet, ni la figure de la jeune personne qui a daigné m'accorder cet honneur.

— Eh bien, chevalier, vous renouvelerez connaissance aujourd'hui même; je me charge de vous ménager une entrevue avec la future marquise Saint-Aignan de Villebois, car nous érigeons ce domaine, qui fait partie de la dot de votre femme, en un marquisat dont vous prendrez le titre... et vous serez gentilhomme de la chambre!

— J'ai peu d'ambition, je vous assure.

— Oui, chevalier, je sais que vous méprisez les richesses, les titres, les dignités; et cependant, avec vos idées de splendeur, vos fastueuses dépenses, une grande fortune vous est nécessaire, indispensable même... Les Saint-Aignan sont solidement établis, mais avec deux caractères comme le vôtre, notre fortune serait bientôt engloutie.

— Mais, marquis...

— Je ne vous place pas sur la sellette, et ce n'est point une justification de vos écarts que j'attends de vous; mais la promesse que vous ne détruirez pas, par un fol entêtement, le bonheur que j'avais rêvé... Songez, chevalier, que vous êtes appelé à jouer un rôle brillant à la cour; Sa Majesté a déjà daigné me parler de vous, et j'attends avec impatience la signature de votre contrat pour vous présenter : le roi signera, et ce soir, chevalier, nous irons ensemble à l'hôtel du comte de Castellemar !

Et le marquis de Saint-Aignan s'en fut rejoindre l'abbé Volmar, qui l'attendait dans son cabinet.

— Il a consenti, lui dit le marquis en l'abordant ; c'est un esprit qu'il ne faut pas heurter de front, si on veut en obtenir quelque chose ; il verra ce soir mademoiselle de Castellemar ; je m'y suis engagé.

— Et vous avez eu tort ! s'écria involontairement l'abbé.

— Et pourquoi ? demanda le marquis.

— C'est une condescendance que vous ne devez pas avoir pour ce jeune fou ; et qui sait si ce qu'il dira à la jeune fille du comte ! de cette entrevue peut naître des obstacles insurmontables !

— C'est impossible! puisque Paul consent à cette union, si le cœur de sa fiancée est libre; et mademoiselle de Castellemar est trop bien élevée pour avoir osé faire un choix sans l'aveu de son père.

— Sans doute, sans doute, répliqua Volmar avec embarras, mais il eût été plus prudent de brusquer les choses; après le mariage, les deux époux auraient eu tout le temps nécessaire pour s'aimer et se parler à leur aise.

— Il y a là, dans cet hymen, un mystère que j'éclaircirai, se dit Paul en sortant doucement du salon dans lequel il était resté assis, ce qui lui avait permis d'entendre la conversation de Volmar et de son père. Ah! maudit abbé! tu es de l'avis de brusquer les choses, afin d'empêcher les explications! Ceci me donne à réfléchir; en voulant trop faire, homme zélé, tu as dépassé le but et compromis ton intrigue. J'aurai, ce soir, le mot de l'énigme!

Volmar, à ce moment, prenait congé du marquis de Saint-Aignan, auquel il disait :

— Tout peut encore se réparer, mais surtout pas d'entretien secret ; le tête-à-tête fournirait à votre fils les moyens de refuser une alliance à laquelle nous attachons tant de prix!

LEQUEL DES DEUX?

TROISIÈME PARTIE.

Ne décidons jamais où nous ne voyons goutte.

PIRON.

I.

EST-IL FOU ?

Fabiani avait appris, par son valet Polycarpe, certaines particularités sur la conduite de Séraphita pendant son absence ; elles étaient de nature à lui inspirer des craintes sérieuses pour l'avenir, car il était jaloux, et d'après le récit, singulièrement amplifié que lui avait fait Polycarpe — qui ayant encore à cœur son aventure des Tuileries, ne ménagea pas la signora — Fabiani se persuada qu'un seul jour avait suffi pour lui faire perdre un cœur dont il croyait s'être assuré la possession, par une soumission aveugle à ses volontés.

Néanmoins, il n'adressa pas un seul reproche à Séraphita; il feignit d'ignorer et la promenade du jardin des Tuileries et la visite étrange du prétendu conseiller au Châtelet. Fabiani voulait que Séraphita lui fit connaître elle-même ce qui s'était passé pendant la durée de son voyage; son attente fut trompée; la signora garda le silence, et notre Italien, jaloux et humilié d'un manque de confiance qui le blessait, prit aussitôt la résolution de soustraire Séraphita aux poursuites d'un galant qu'il redoutait sans le connaître.

En moins de quelques heures, il donna congé de l'appartement qu'il occupait, puis il sortit pour en chercher un qui fût plus en rapport avec sa situation précaire, car ses dernières ressources s'étaient épuisées rapidement ; Fabiani, qui était doué d'une grande énergie de caractère, avait envisagé froidement les suites de l'intrigue à laquelle il s'attachait comme le naufragé au brin d'herbe qu'il trouve au sein des eaux ; le comte de Castellemar, qui avait cessé d'être pour lui un personnage imaginaire, ce grand seigneur qui s'était rendu coupable d'une séduction que Fabiani se promettait de lui faire chèrement expier, occupait dans le monde un rang distingué ; Castellemar possédait en outre une fortune considérable, et Fabiani s'était dit qu'il trouverait auprès du comte un dédommagement à toutes ses peines : de l'or et une vengeance !

Préoccupé de l'idée d'arracher Séraphita aux poursuites d'un amant, que diverses circonstances recueillies chez la valetaille de l'hôtel lui représentaient comme un homme très entreprenant, il alla chercher un gîte à l'entrée du faubourg Saint-Denis, dans une maison de chétive apparence, hôtellerie mal famée et fréquentée seulement par de pauvres diables de solliciteurs accourus de tous les coins de la province pour venir rappeler, à un ministre oublieux, des promesses sur lesquelles la plupart fondaient leurs espérances de fortune et d'avancement.

Fabiani n'eut pas de peine à se procurer ce qu'il souhaitait, c'est-à-dire un appartement d'un prix modique, situé sur le derrière de la maison, et dont les fenêtres n'avaient point de perspective alarmante pour la vertu de Séraphita ; un mur grisâtre, sali par le temps, et servant de refuge aux moineaux et aux sansonnets du voisinage, un mur de quarante pieds de hauteur séparait l'hôtel du *Cheval-Noir* de la maison voisine, et nul regard indiscret ne pouvait plonger dans les réduits enfumés, auxquels la spéculation mercantile avait donné le nom fastueux d'appartemens !

Rassuré de ce côté, Fabiani paya d'avance un mois de sa pension, et se fit inscrire sur le registre sous le nom de Gérard, marchand de province, venant à Paris avec sa sœur et son commis pour y conclure plusieurs affaires importantes. Il espérait ainsi donner le change aux agens que le comte de Castellemar, et le prétendu conseiller au Châtelet, l'amant déguisé, pouvaient mettre en campagne pour le découvrir. Notre Italien connaissait toute la force d'un argument qu'une lame d'acier venait appuyer, mais aussi il n'ignorait pas qu'en France la noblesse était toute-puissante, et qu'il lui suffisait de vouloir pour pouvoir; les lettres de cachet lui semblaient une institution capable de balancer celle non moins admirable — suivant ses idées d'Italien — des *bravi* qui savaient faire disparaître, à heure fixe, quiconque gênait l'homme assez riche pour payer et son stylet, et les messes d'absolution, que le bandit ne manque jamais de se faire dire après une sanglante expédition.

Avant la fin de la journée, Fabiani installait Séraphita dans la chambre obscure choisie par lui, et qui était voisine de la sienne; la signora manifesta hautement son étonnement, mais Fabiani la prit à part, pour lui dire:

— Séraphita, un long voyage a épuisé nos dernières ressources, et l'infidélité des banquiers, dépositaires de ma fortune, me met dans l'impossibilité de soutenir plus long-temps un train de maison auquel vous êtes habituée; le luxe, chère Séraphita, le luxe n'est qu'un besoin factice dont on peut, dont on doit toujours savoir se passer; ce sont de mauvais jours que je m'efforcerai de vous faire oublier.

— Fabiani, avait répondu Séraphita en attachant sur lui un regard qui semblait vouloir lire au fond de sa pensée, Fabiani, nous sommes maintenant à Paris, dans cette ville où nous devons rencontrer le comte de Castellemar; vos démarches, le voyage que vous venez de faire avaient pour but de trouver le comte... et votre sourire me dit que vous savez où vous le rencontrerez ! Eh bien, cette vengeance à laquelle je vous ai associé, cette vengeance m'épouvante maintenant... Oui, j'ai honte d'aller me jeter au-devant de cet homme pour lui rappeler des sermens, oubliés par lui depuis long-temps ; ses promesses étaient menteuses, j'ai été folle de croire à son amour ; c'est là mon seul tort, j'en dois porter la peine...

— Et vous vous résignez à pleurer sur une faute commise avec joie et envisagée après avec horreur. Non, Séraphita, non, je ne renonce pas ainsi à ce que j'ai résolu.

— Que prétendez-vous donc?

— Vous me le demandez, Séraphita !

Faut-il vous rappeler le passé? faut-il vous retracer votre séjour à Naples, et vous dire: Séraphita, la passion que vous m'aviez inspiré est toujours aussi forte, aussi impérieuse; j'ai dû, jusqu'à ce jour, maîtriser les élans de cet amour et commander à mon cœur, mais le moment est arrivé de m'en récompenser... Oh! ne détournez pas la vue, ne jouez pas la surprise, l'effroi... Vous saviez bien qu'un jour viendrait où je vous tiendrais ce langage, où je vous demanderais le prix de cette abnégation, que le désir de vous plaire pouvait seul me donner la force d'avoir pendant notre voyage à travers la France. Oui, Séraphita, nous touchons au but; Castellemar existe, c'est un noble et puissant seigneur... Aujourd'hui même, j'irai le trouver à son hôtel...

— Vous ne ferez pas cette démarche, Fabiani!

— Si parbleu, avant la fin de la journée, j'aurai vu le comte.

— Je vous le défends! s'écria Séraphita en élevant la voix.

— Signora, ne me forcez pas à vous rappeler que vous êtes ici sous ma dépendance, et que mes volontés doivent être les vôtres ; je commande ici comme vous me commandiez à Naples; obéissez donc comme j'obéissais.

— Obéir ! répéta ironiquement Séraphita ; en vérité, Fabiani, vous avez perdu l'esprit et la raison que de me tenir un semblable langage? Nous sommes libres tous les deux...

— Erreur, signora, vous êtes entièrement placée sous ma dépendance, et quelques mots suffiront pour vous en convaincre. Depuis notre arrivée à Paris, ceci remonte à quinze jours environ, j'ai cherché à prévenir le coup qui allait nous frapper, et pour y parvenir, je me suis adressé à l'une des célébrités dansantes de l'époque, à mademoiselle Guimard ; c'est une femme qui a, dans son boudoir, des heures de puissance et de volonté absolue ; ce qu'elle veut, elle l'obtient ; j'ai sollicité pour vous, sa bienveillante protection, et ce matin, j'ai reçu un engagement en votre nom pour l'Opéra ; votre signature sur ce papier, et désormais nous pourrons attendre un moment favorable pour obtenir de M. de Castellemar l'éclatante réparation que je veux lui demander.

Séraphita prit le papier que Fabiani lui présentait, le parcourut en silence, et le rejeta sur la table en disant :

— A quoi bon chanter en public? je n'en vois pas la nécessité.

— Nécessité ou non, Séraphita, vous chanteriez si je l'avais résolu; mais pour vous décider à faire ce que j'exige de vous, il suffit de vous rappeler que toutes nos ressources sont épuisées.

— N'ai-je pas mes diamans?

Fabiani réprima un sourire et répondit :

— Vos diamans vous sont nécessaires pour paraître sur le théâtre, et comme votre début aura lieu incessamment, je n'userai point de cette ressource... Vous chanterez!

Séraphita allait répliquer qu'elle ne signerait pas l'engagement qui lui était offert, lorsqu'une réflexion, qui traversa son esprit, l'empêcha de faire cette réponse.

— Je chanterai, puisque vous le voulez

absolument, dit-elle avec une feinte douceur.

— Ha ! fit l'Italien d'un air étonné ; et il ajouta mentalement : Tu espères sans doute fournir à ton conseiller au parlement, les occasions de te voir ! Je veillerai sur toi, ma belle Séraphita !

Et il sortit en ordonnant à Polycarpe de le suivre.

— Est-il fou ? se demanda Séraphita, après que le bruit des pas de Fabiani eut cessé de se faire entendre ; eh quoi, il veut m'enterrer toute vivante dans ce misérable bouge, et c'est lui qui me donne les moyens d'entrer au Grand-Opéra ! de paraître en public ! est-il fou ? Il fuit et cherche le danger !... Fabiani, malgré toi, malgré tes précautions, ce que tu crains s'exécutera...

Le chevalier m'aime, et il m'arrachera à ton joug insupportable! en vérité, j'admire ma patience... ce Fabiani n'a aucun droit sur moi, et les prétendus services, dont il se targue aujourd'hui, ne sont après tout que des services qu'un valet peut nous rendre... Je le récompenserai de ses peines... je paierai son zèle, et après, il m'épargnera sans doute l'ennui de le voir et de l'entendre... Pauvre fou! il ne s'attend pas à la résolution que je prends aujourd'hui.

Et Séraphita courut chercher sa cassette, où ses diamans étaient renfermés; elle l'ouvrit, et pendant quelques minutes, elle examina silencieusement ces joyaux brillans, qu'elle devait à la munificence du comte de Castellemar.

— Il y a là de quoi me procurer assez d'or pour payer les services de Fabiani, articula sourdement Séraphita, en comptant les bagues, les boucles d'oreille, les colliers et les agrafes renfermés dans le coffre; je tiens peu à tout cela, ajouta-t-elle en soupirant, et d'ailleurs, je dois payer ma dette à cet Italien qui veut mettre un si haut prix à ses services... Non, Fabiani, non, l'amour que tu m'as voué à Naples n'est plus vivace dans mon cœur; il s'en est effacé, et c'est vainement que tu as tenté jusqu'à ce jour de me rappeler un passé que je veux oublier! Désormais, nous serons étrangers l'un à l'autre.

Et Séraphita, qui avait conçu le projet d'échapper à Fabiani avant que celui-ci ne fut de retour, Séraphita envoya chercher un orfèvre auquel elle voulait vendre ses diamans; un domestique de l'hôtel avait pour parent un maître juif, usurier passé maître, voleur jusqu'au bout des doigts, qui prêtait sur gage et nantissemens à un taux des plus modérés; soixante pour cent d'intérêt lui paraissait un gain honnête, et il ne se faisait point scrupule d'appliquer son tarif exorbitant à toutes les affaires qui lui étaient proposées.

En apprenant qu'une jeune et jolie femme voulait vendre clandestinement des diamans, notre homme se frotta les mains comme s'il eût palpé le produit d'une adroite filouterie; il se hâta de suivre son cousin qui l'introduisit dans la chambre de Séraphita, après lui avoir arraché pour prix de sa commission, un petit écu effectif, et quatre autres solennellement promis en cas où l'affaire se ferait.

Ce lapidaire de nouvelle espèce se fit apporter le coffret aux diamans près de la fenêtre, afin de mieux juger de la beauté des diamans qu'on voulait vendre, et la loupe à la main, il se mit à les examiner avec un sang-froid qui désespérait Séraphita ; elle le priait, mais en vain, de terminer au plus vîte l'examen auquel il se livrait, car elle craignait que Fabiani ne vint, par sa présence, renverser un projet qui la rendait libre et maîtresse de ses actions.

Enfin, le maître juif, Cormodar-le-Jeune, comme il s'intitulait, résuma son examen par ces mots :

— Ces diamans, très beaux en apparence, sont faux en réalité.

— Faux!!! s'écria Séraphita, et un rire sardonique courut sur ses lèvres ; oh! l'habile homme que voilà, ajouta-t-elle en grimaçant, qui prend des parures de perles fines pour des brillans de théâtre... mais, regardez donc ces perles, monsieur !

— C'est ce que je fais depuis un quart-d'heure, madame, répliqua Cormodar-le-Jeune en clignant les yeux, et, en conscience, je ne puis vous offrir que cent écus du tout, foi d'Anastase, j'y mets encore du mien.

— Je ne veux pas vous obliger à faire une mauvaise spéculation, monsieur, vous pouvez vous retirer.

Et du geste, elle indiqua la porte au sieur Cormodar-le-Jeune. Celui-ci obéit en marmottant :

— Fichtre! je manque là une occasion... si je savais que cinquante écus... il revint sur ses pas, et s'arrêtant devant Séraphita, il lui dit :

— Foi d'honnête homme, je ne puis vous payer ces parures que cent cinquante — il articula fort nettement ce mot : — écus!

Vous voyez que je suis de bonne composition.

Séraphita haussa les épaules, et répliqua :

— Ces parures ont coûté vingt mille florins ; vous êtes un vieux fou ou un fripon... sortez !

Cormodar-le-Jeune se retira à reculons, en répétant entre ses dents : — Fou... ou fripon... j'aime mieux être le dernier que le premier !

II.

DANS L'ANTICHAMBRE.

— Non, monsieur le marquis, non, je ne puis comprendre le caprice qui vous a déterminé à changer brusquement de logis pour nous enfouir dans un misérable taudis, vrai paradis des rats et des souris! Croiriez-vous que ces animaux, cent fois maudits, ont mis en pièces, en lambeaux, le plus beau poème que jamais versificateur ait produit... Et combien de temps leur a-t-il fallu pour accomplir cette œuvre dévastatrice ? Une nuit, une seule nuit !

— Polycarpe, me laisserez-vous l'esprit en repos avec vos sornettes, auxquelles je ne comprends rien.

— Mais, monsieur le marquis...

— Paix, et songez que je m'appelle Gérard ; que je suis un marchand de la province, venu à Paris pour affaires, et que vous m'accompagnez en qualité de commis.

— Me voilà fixé sur mon emploi, du moins, quant à présent, et si vous le permettez, je vous prierai de me dire si mes fonctions de valet de chambre, par intérim, continueront d'être exercées par votre très humble.

— Pourquoi non, tu es commis du marchand Gérard pour les curieux et les indiscrets, mais, dans mon intérieur, tu me sers de valet de chambre...

— Par intérim, interrompit Polycarpe, car mon véritable emploi consiste à être votre secrétaire. Je suis né poëte, monsieur le marquis... le marchand Gérard, voulais-je dire, et ma noble profession s'accommode mal de raser, poudrer et coiffer une tête humaine.

Le fiacre dans lequel Fabiani et Polycarpe étaient enfermés depuis une demi-heure, s'arrêta à quelques pas d'un hôtel magnifique du faubourg Saint-Germain. Fabiani ouvrit la portière et fit signe à Polycarpe de descendre, en lui disant :

— Entrez-là ! — et il lui désigna la porte-cochère de l'hôtel voisin, — et demandez si M. le comte de Castellemar est visible ; hâtez-vous, j'attends !

Polycarpe fit la commission qu'on venait de lui donner, en se disant à part lui : que ses triples fonctions de secrétaire, de valet de chambre et de commis supposé d'un négociant sans marchandises, exigeaient une souplesse d'esprit peu commune.

Au moment où Polycarpe franchissait le seuil de la porte du concierge de l'hôtel, qui lui avait dit de monter aux antichambres, Carreau, le valet de Paul de Saint-Aignan, le confident des amours de son maître, Carreau aperçut et reconnut en même temps le maigre et long Polycarpe qui traversait la cour d'un pas lent et mesuré.

— Que vient-il faire dans cet hôtel? se dit Carreau, en suivant le valet; la belle Italienne aurait-elle appris que nous allions nous marier, et voudrait-elle élever des obstacles à un hymen que le roi lui-même a la bonté de désirer? Sa brusque disparition de l'hôtel où nous avons si mal joué la comédie, mon maître et moi, cet enlèvement subit semblait annoncer ou une vertueuse résolution, ou une fâcheuse découverte faite par le mari... mais alors, à quoi bon se venger? La présence de ce grand nigaud, ici, est une énigme que je ne m'explique pas.

Polycarpe s'était arrêté sous le vestibule: deux escaliers s'offraient à lui; tournera-t-il à droite ou à gauche? Il hésite, se gratte le front, et tandis qu'il se consulte, Carreau s'approche, lui frappe sur l'épaule en s'écriant :

— L'ami, me reconnaissez-vous ?

Polycarpe recule effrayé, toise le valet, et lui répond avec humeur qu'il ne le connaît pas, attendu qu'il ne l'a jamais vu.

— Diable ! reprend Carreau en frappant de nouveau sur l'épaule de Polycarpe, qui ne paraît que médiocrement flatté de ces marques de familiarité, diable ! mon camarade, nous avons mauvaise mémoire ! et pour vous prouver que votre face de carême m'est particulièrement connue, je veux vous régaler d'une bouteille de vin exquis, que je vous prie d'accepter.

— Je refuse la bouteille et l'invitation, dit Polycarpe d'un air mécontent, je ne vais pas au cabaret.

— Quand tu n'as pas d'argent, nigaud, c'est croyable, mais autrement...

— Je vous répète que... enfin, vous m'avez entendu...

Carreau ne lâche pas le bras de Polycarpe, qui fait de vains efforts pour se dégager, et comme il ne peut y parvenir, il s'écrie d'une voix enrouée qu'il veut savoir si le comte de Castellemar est à l'hôtel.

— Le comte! ah! c'est au comte que tu veux parler, reprend Carreau, qui soupçonne quelque perfidie italienne, afin d'empêcher son maître d'épouser mademoiselle Charlotte de Castellemar; le comte n'est pas visible.

— Que ne le disiez-vous! reprend aussitôt Polycarpe en tournant les talons, je ne ferais pas inutilement damner mon patron!

— Que dit-il? se demande Carreau en suivant de l'œil Polycarpe qui s'éloigne.

Fabiani traite son valet d'imbécile, lorsque celui-ci lui a raconté ce qu'il vient de lui arriver; l'Italien abandonne le fiacre, qu'il congédie en lui payant le prix de sa course, et après avoir recommandé à Polycarpe de l'attendre à la porte de l'hôtel, il entre dans la cour, et parvient sans obstacle jusqu'à l'antichambre.

Un grand drôle, de cinq pieds six pouces, était étendu nonchalamment sur une des banquettes en velours d'Utrecht qui garnissaient l'antichambre; à l'entrée de Fabiani, il se souleva à demi pour lui demander, en bâillant, ce qu'il voulait.

— Parler au comte de Castellemar, répondit Fabiani.

— Votre nom ? ajouta le valet en consultant une liste qu'il roulait dans ses doigts.

— Je le dirai au comte, reprit Fabiani.

— Je le pense bien, dit le valet en se recouchant sur sa banquette, mais il vous faut avant écrire à monseigneur, qui, s'il le juge convenable, vous accordera l'audience que vous sollicitez... Entendez-vous, l'ami..... munissez-vous d'un placet, c'est le seul moyen...

Fabiani s'approcha du grand drôle de cinq pieds six pouces, et, le prenant par l'oreille, il lui dit :

— Tu vas te rendre auprès du comte de Castellemar, et tu lui diras qu'un étranger demande à lui parler.

— Mais... monsieur... voulut balbutier le valet en cherchant à dégager son oreille droite, cette manière de s'introduire...

— Fais cela sur l'heure, dit Fabiani en dressant le valet sur les jambes; obéis, drôle; ou gare à tes épaules.

Bon gré, mal gré, le valet fit la commission de Fabiani; mais le comte était dans son cabinet avec le marquis et l'abbé Volmar, et il avait défendu de le déranger.

— J'attendrai, se dit Fabiani en s'asseyant; dussé-je passer la nuit dans cette antichambre, je n'en sortirai pas avant d'avoir vu le comte!

Carreau, qui avait accompagné son jeune maître à l'hôtel de M. de Castellemar, avait été intrigué de la présence de Polycarpe; non content de détourner celui-ci du dessein qu'il avait de pénétrer dans l'intérieur de l'hôtel, il l'avait suivi; et son étonnement fut extrême lorsqu'il se mit à parler à un homme qui descendit de fiacre, et, après avoir recommandé à Polycarpe de l'attendre, se dirigea vers la porte-cochère, en franchit le seuil sans s'arrêter devant le logement du concierge; et comme ce dernier dormait paisiblement dans son fauteuil de cuir, Fabiani avait pu parvenir sans obstacle jusqu'à l'antichambre.

On a vu plus haut ce qui s'était passé entre l'Italien et l'un des laquais du comte de Castellemar.

Le curieux et très affairé Carreau s'était mis en faction derrière la porte de l'antichambre, et de là, il avait entendu ce qui s'y disait; le ton de brusquerie, la fermeté de l'homme, qu'il regardait comme étant le maître de Polycarpe, lui inspirèrent un projet qu'il mit aussitôt à exécution, bien convaincu qu'il en serait largement récompensé par le chevalier de Saint-Aignan.

Il traça au crayon les mots suivans sur un morceau de papier qu'il arracha de son agenda :

« Monsieur le chevalier,

« Tout est découvert; le mari est sur vos « talons; il veut voir M. de Castellemar; « c'est une fantaisie qu'il ne peut satisfaire « sans inconvénient pour vous, si la jeune « personne vous plaît; dans le cas con- « traire, laissez agir. L'Italien est brail- « lard de sa nature, et celui-là me paraît tout « disposé à faire du scandale; une conver-

« sation avec M. de Castellemar, et tout
« est rompu entre les deux familles.

« Votre fidèle,

« Carreau. »

Le valet s'intrigua pour faire parvenir, jusque dans l'intérieur du boudoir de mademoiselle de Castellemar, son billet dont il s'exagérait l'importance ; et, grâce à l'obligeance d'une femme de chambre, à laquelle son physique et ses larges épaules avaient convenu, le chevalier reçut la missive de son valet, mais dédaigna de la lire, car la conversation qu'il avait avec sa future fiancée ne lui permettait pas une semblable distraction.

Carreau se frottait joyeusement les mains,

lorsque la femme de chambre vint lui dire que le chevalier avait son billet.

— Bravo! se dit-il, bravo, mon garçon! tu viens de faire preuve d'une intelligence assez rare chez les gens de ta sorte; tu ne mets pas ta gloire à bien brosser des habits, mais à rendre de signalés services; et mon billet, remis à propos, peut le classer parmi ceux-là... Bien certainement, mon adresse me vaudra une gratification de quinze à vingt louis, peut-être vingt-cinq... si le chevalier ne se marie pas.

III.

EN TÊTE-A-TÊTE.

On sait que le chevalier de Saint-Aignan avait exigé, qu'avant de conclure l'hymen qui enchaînait sa destinée à celle de mademoiselle de Castellemar, il aurait avec cette dernière un entretien particulier.

Paul attachait une grande importance à cette entrevue, depuis qu'il avait entendu l'abbé Volmar blâmer amèrement le marquis de Saint-Aignan d'y avoir consenti. Le mariage qu'on lui proposait ne convenait pas à ses goûts et à ses idées d'indépendance; mais, comme avec la femme qu'il n'aimait pas, il y avait une immense fortune qu'il aimait beaucoup, cette dernière considération l'avait déterminé à savoir s'il n'y avait pas un secret d'opprobre et de honte dans cet empressement à marier une des plus riches héritières de la noblesse française.

Le marquis de Saint-Aignan avait voulu accompagner son fils chez le comte de Castellemar, afin que sa présence empêchât le chevalier de se livrer à des extravagances, ayant pour but de détruire l'œuvre inachevée de l'abbé Volmar.

Mademoiselle Charlotte, qui n'avait pas été prévenue d'une visite aussi inattendue qu'elle était embarrassante à recevoir, fut étrangement étonnée, lorsqu'après les complimens d'usage, son père et le marquis de Saint-Aignan se retirèrent dans le salon voisin de son boudoir, et la laissèrent en tête-à-tête avec son futur époux.

— On me tient parole, se dit Paul en s'approchant de mademoiselle de Castellemar, voyons si mes soupçons avaient quelque fondement.

Il prit la main de Charlotte, et lui dit :

— Que la solitude dans laquelle on vient de nous laisser ne vous inspire aucune crainte, mademoiselle ; mon respect doit vous rassurer, et croyez que je ne manquerai pas aux égards qui vous sont dûs.

— Je devine, monsieur, que vous avez fait, de cet entretien particulier, une condition de votre obéissance aux volontés de votre père.

— Il est vrai, mademoiselle, et ma franchise doit provoquer la vôtre; l'hymen qui m'est offert est brillant, sans doute, et en songeant au bonheur qui m'attend près de vous, je suis encore à me demander ce qui a pu me donner l'idée d'y mettre une condition que vous pourriez regarder comme une insulte.

— Et pourquoi? monsieur, répliqua Charlotte en souriant, nous sommes étrangers l'un à l'autre; nos caractères sympathiseront-ils? nos goûts seront-ils d'accord? On en a pris nul souci. Deux familles puissantes, et riches toutes deux! désirent se rapprocher; l'une d'elles a une fille à marier, l'autre un fils, voilà le lien qui doit rassembler des intérêts épars..... Dans cet hymen, où nous jouons les premiers rôles, on a dédaigné de nous consulter... Je vous remercie d'avoir eu la pensée de venir à moi pour me dire : Votre cœur est-il libre? pourrez-vous m'aimer?

Pour la première fois, peut-être, Paul examina d'un œil curieux la jeune fille qui lui tenait un langage aussi étrange que nouveau pour son oreille habituée aux fadaises sentimentales, dont les grandes dames font un si grand commerce, et aux scrupules singulièrement naïfs des grisettes et des bourgeoises.

Charlotte avait dix-huit ans; elle était blonde, mais non pas langoureuse; ses yeux avaient une certaine vivacité qui animait une physionomie d'ailleurs fort expressive, et à laquelle on ne pouvait reprocher qu'un air de fierté, que le sourire gracieux d'une bouche petite et rosée ne tempérait pas toujours. La taille de Charlotte était au-dessus de la moyenne, pas trop mince; elle avait la main blanche et admirablement bien faite; aussi de brillans joyaux, des bagues, d'un prix élevé, brillaient toujours à ses doigts et attiraient l'attention sur l'une des perfections dont mademoiselle de Castellemar était vaine. Joignez à cela des manières aisées, une voix qui vibrait délicieusement à l'oreille, quelque peu de coquetterie, et une éducation qu'on ne rencontrait pas toujours chez les filles nobles de la caste dorée du dix-huitième siècle, qui dédaignait encore de savoir l'orthographe, et qui croyait se rabaisser au niveau d'un maître de chant ou de dessin, que de cultiver ces deux arts d'agrément. Charlotte avait été élevée dans les idées philosophiques qui préparèrent l'œuvre de régénération politique et sociale à laquelle le peuple s'associa avec tant d'ardeur; la fille du comte de Castellemar jouissait d'une véritable célébrité dans les cercles qu'elle fréquentait; on allait même jusqu'à lui attribuer bon nombre de madrigaux et d'élégies qui circulaient dans les salons de Versailles, et dans les soirées de Marie-Antoinette et de la duchesse de Polignac, l'intime amie de la reine de France.

Le résultat de l'examen auquel Paul s'était livré avait été plus rapide que nous ne saurions le dire; les beaux yeux, les contours fins et délicats, l'air noble et fier tout à la fois de Charlotte lui arrachèrent cette exclamation articulée sourdement :

— Elle est vraiment charmante!

— Ma demande paraît vous surprendre? monsieur, dit Charlotte qui ne comprenait rien au silence de Paul.

Celui-ci s'empressa de répondre, qu'en effet, sa pensée avait été de savoir si l'hymen résolu par son père ne lui était pas désagréable.

— C'était mon devoir, mademoiselle, et d'après ce que je viens d'entendre, j'ose me flatter...

— Ne vous pressez pas d'interpréter mes paroles, monsieur, et puisque vous avez eu la générosité de provoquer ma confiance, daignez m'écouter.

— Les soupçons de cet abbé Volmar seraient-ils fondés? pensa Paul en regardant Charlotte avec une expression douloureuse; voudrait-on contraindre sa volonté?

Mademoiselle de Castellemar ne laissa pas le chevalier à ses réflexions, elle dit en attachant sur Paul un regard qui semblait vouloir lire dans sa pensée :

— Le mariage qui unirait nos deux familles vous était connu depuis long-temps ?

— Depuis quelques jours seulement, répondit Paul.

— Et la précipitation avec laquelle on voulait conclure notre hymen vous a inspiré des soupçons... offensans pour moi... Daignez ne pas m'interrompre, monsieur, car ce ne sont pas des reproches que je vous adresse en ce moment ; je veux éclaircir un fait, et vous seul pouvez m'y aider.

— Il est vrai, mademoiselle, que l'empressement que nos deux familles mettaient à

conclure ce mariage m'a paru étrange.....
et.....

— Que vous avez voulu vous assurer par vous-même si cette précipitation coupable ne cachait pas un mystère... Ma volonté, monsieur, n'a pas été jugée nécessaire, et comme à vous, l'on m'a dit : Préparez-vous à marcher à l'autel!

— Ainsi, c'est avec répugnance que vous consentiriez à vous unir à moi?

— Victime obéissante, j'aurais accompli, sans murmurer, le douloureux sacrifice qu'on m'imposait ; mais puisque vous êtes venu à moi, je ne repousserai pas l'appui que vous m'offrez... Oui, monsieur, c'est avec répugnance que je porterais votre nom; c'est avec horreur que ma bouche prononcerait un serment sacrilége, car mon cœur n'est plus libre, monsieur; et cet amour, auquel vous auriez le droit de prétendre, cet amour ne serait pour moi qu'une haine que chaque jour verrait s'augmenter... Et vous maudiriez l'épouse coupable qui vous aurait trompé... Chevalier, j'ai cherché vainement un ami désintéressé dans ces brillantes réunions où le rang et la fortune de mon père me donnaient accès; j'ai trouvé des flatteurs, des hommes qui me disaient que j'étais belle, qu'ils seraient heureux de porter mes chaînes... mais pas un d'entre eux n'a su m'inspirer assez de confiance pour croire à leurs protestations menteuses; cette amitié que je rêvais, vient s'offrir à moi aujourd'hui, et vous m'en donnez une preuve, chevalier, en me fournissant les moyens de me soustraire à la volonté de mon père, sans provoquer son courroux.

Paul était atterré; ce mariage, auquel il s'était promis d'échapper, il le désirait maintenant qu'un obstacle, qu'il avait prévu, s'opposait à sa conclusion. Il voulut connaître le motif d'un refus qui l'humiliait, et mademoiselle de Castellemar, après un moment d'hésitation, lui dit :

— L'aveu que vous me demandez est nécessaire, sans doute, et quoiqu'il m'en coûte, vous saurez tout ; votre rival, chevalier, est un homme dont la naissance est loin d'être aussi illustre que la vôtre ; sa famille est obscure, son nom inconnu ; le hasard me le fit rencontrer à une des soirées du marquis de Vaudreuil, avec lequel mon père est intimement lié ; ce jeune homme, recommandé à M. de Vaudreuil, a été placé par lui dans les bureaux du ministre de la marine, M. de Sartines ; et grâce à la protection de M. de Vaudreuil, plusieurs salons lui étaient ouverts ; son amabilité, sa conversation spirituelle, la noble et touchante philosophie qu'il professait, et qui se laissait deviner dans ses discours, me donnèrent l'envie de connaître plus particulièrement un homme auquel mes intimes amies ne faisaient pas attention, et qu'elles eussent dédaigné, s'il avait eu la hardiesse de leur adresser la parole; car, on semblait tolérer sa présence dans ces brillantes réunions, plutôt par égard pour son protecteur que pour son mérite personnel et sa bonne mine.

— Allons, pensa Paul, c'est une grande passion avec laquelle mademoiselle de Castellemar n'a pas voulu lutter.

Charlotte poursuivit :

— Mon cœur était resté jusqu'alors indifférent. Le moment n'était pas éloigné où un sentiment inconnu allait se révéler à moi. M. de Vaudreuil donnait un grand bal pour lequel toutes les notabilités de la cour et de la ville avaient reçu des invitations ; le jeune commis du ministère, M. Adrien, n'y fut point convié ; mais comme il s'était jusqu'alors peu inquiété des formes de l'étiquette et de ses rigides lois, il se présenta au bal, et grâce à l'espèce de familiarité avec laquelle on le traitait à l'hôtel du marquis, il put pénétrer dans les salons en dépit de l'ordre qui avait été donné de ne laisser entrer que les personnes munies de lettres d'invitation. La présence de M. Adrien fit sensation, et M. de Sartines, qui se trouvait au bal, fut bientôt informé que l'un de ses commis avait eu l'audace de s'y présenter, sans y avoir été invité ; le ministre indigné de ce qu'il appelait une insulte éclatante, ordonna à M. Adrien de sortir sur-le-champ ; le jeune commis résista, et une scène scandaleuse s'en suivit. M. de Sartines remit au lendemain à se venger, car M. de Vaudreuil, qui avait été instruit de l'équipée de son protégé, s'interposa entre le ministre et le modeste employé.

— Une lettre de cachet fût sans doute le prix de cette témérité que rien ne pouvait excuser, dit Paul d'un ton railleur.

— M. de Sartines a une réputation de dureté dans les affaires à laquelle il ne peut se soustraire, reprit Charlotte, et dans cette occasion, il commença par destituer M. Adrien; puis, il fit expédier une lettre de cachet contre lui; heureusement que M. de Vaudreuil était chez le lieutenant de police, lorsque l'ordre ministériel y arriva; le marquis sollicita et obtint que son protégé ne serait pas arrêté avant la fin de la journée, et quelques heures après, il envoyait à l'hôtel du lieutenant de police une seconde missive écrite de la main de M. de Sartines, dans laquelle ce dernier révoquait la lettre de cachet expédiée le matin.

— Ces persécutions devaient rendre M. Adrien intéressant à vos yeux, mademoiselle.

— Ces persécutions, que le marquis de Vaudreuil sut rendre nulles, le décidèrent à garder près de lui le jeune homme qui lui avait été instamment recommandé, et la place de secrétaire de cet excellent homme vint mettre le comble aux bienfaits dont M. Adrien lui était déjà redevable. C'est dans cete position sociale, qui lui permettait de venir chaque jour à l'hôtel de mon père, que M. Adrien conçut le projet de se faire aimer de moi; et vous avouerai-je ma faiblesse, monsieur, sa témérité fut encouragée, et je n'opposai qu'une faible résistance au sentiment impérieux qui remplissait mon ame; ah! cet amour devait nous susciter bien des tourmens, car je ne pouvais espérer que mon père consentirait jamais à accorder ma main à un homme d'une naissance obscure et dont la fortune était nulle; et cependant loin de chasser de mon cœur des idées qui en me rendant heureuse troublaient ma tranquillité, je cherchai moi-même toutes les occasions de me rapprocher d'Adrien, et lui, de son côté, s'étudiait à faire naître des motifs qui obligeaient M. de Vaudreuil à l'envoyer chez mon père; l'affaire importante qui était en litige depuis deux ans se termina à notre grand regret et à la satisfaction du marquis de Vaudreuil, et pour témoigner à son secrétaire le plaisir qu'il en ressentait, il lui accorda la permission d'aller passer quelques mois chez une vieille tante qui l'avait élevé.

— Et en l'absence du beau secrétaire de M. de Vaudreuil, mademoiselle de Castellemar craindrait de prononcer un serment qu'elle n'aurait pas la force de tenir si ce M. Adrien lui rappelait les droits que son amour lui donne sur elle.

— Vous l'avez dit, monsieur, continua Charlotte, mon cœur qui ne m'appartient plus ne saurait être à vous, et je vous crois trop galant homme pour abuser d'une confidence que vos questions ont provoqué.

— Je ne vous donnerai pas sujet de vous repentir de votre confiance, mademoiselle, cependant, j'aurai l'honneur de vous faire observer que M. de Castellemar désire cet hymen, à la conclusion duquel mon père attache une importance qui prend sa source dans des motifs que je crois être graves. Ma résistance à une volonté, que ce matin je qualifiais de tyrannique, mon refus de vous conduire à l'autel, provoqueront, je m'y attends, des explications assez embarrassantes à donner; car je dois prendre sous ma responsabilité toutes les conséquences que mes refus vont entraîner; et si on me contraignait de faire connaître les causes qui m'ont déterminé à agir, comme vous me priez de le faire, je vous avoue, mademoiselle, que je serais assez embarrassé de donner des motifs plausibles, des raisons valables.

Mademoiselle de Castellemar baissa les yeux et garda le silence. Paul attendait une réponse à sa demande, lorsqu'on heurta légèrement à la porte du boudoir, Charlotte se leva en remerciant le hasard qui interrompait un entretien dont les résultats étaient loin de la satisfaire; elle ouvrit la porte, et sa femme de chambre, qui s'était chargé du billet que Carreau avait écrit à son maître pour le prévenir de l'arrivée, dans l'hôtel, du marquis italien, la femme de chambre s'acquitta de sa commission en remettant au chevalier de Saint-Aignan la missive de son domestique.

Paul mit le billet dans sa poche, mais Charlotte lui ayant fait observer, d'un ton aigre-doux, qu'il y avait sans doute une réponse, il lut ce que Carreau lui écrivait en murmurant, à part lui, qu'il ne lui serait peut-être pas aussi difficile de trouver les moyens de rompre avec M. de Castellemar, puisque, suivant les apparences, son mauvais génie lui envoyait un mari jaloux en diable et d'un caractère extrêmement irascible.

— Sachons ce qu'il veut, se dit Paul en saluant respectueusement mademoiselle de

Castellemar, qui au moment de sortir lui prit la main en disant :

— Dois-je compter sur votre appui, chevalier, et le pauvre Adrien trouvera-t-il en vous un rival généreux ?

— C'est une question à laquelle il ne m'est pas permis de répondre en ce moment, répliqua le chevalier d'un ton bref; seulement, mademoiselle, je vous donne ma parole d'honneur que je ne donnerai mon consentement à rien, qu'après vous avoir consulté; de votre côté, je vous engage à faire les réflexions que votre situation commande impérieusement; il est des sacrifices qu'on doit faire au monde, aux convenances surtout.

En disant ceci, Paul sortit, et un insstant après, il était dans l'antichambre, questionnant Carreau sur ce qui se passait dans l'hôtel.

— Où est mon père ? lui demanda-t-il.

— Dans le cabinet de M. de Castellemar.

— Ce marquis italien ?

— Attend dans le salon voisin l'audience qu'il sollicite.

— Quant à l'abbé Volmar?

—Il est sorti, il n'y a qu'un moment; sa mine était radieuse, et semblait annoncer une de ces satisfactions que l'espèce humaine ne ressent pas tous les jours. Je suppose que l'abbé a obtenu le bonnet et la crosse.

— Imbécile !

Et Paul se mit à marcher dans l'antichambre en se parlant à lui-même; tout-à-coup, ils s'arrêta, se frappa le front en murmurant :

— Ce marquis italien ne verra pas M. de Castellemar! Il ne lui parlera pas!

Il fit signe à Carreau de ne point quitter l'antichambre, et pénétra dans le salon où Fabiani attendait que le comte de Castellemar voulut bien le recevoir.

[illegible]

[illegible]

[illegible]

IV.

UNE EXPLICATION.

L'Italien était nonchalamment étendu dans un fauteuil, les jambes croisées, le chapeau sur la tête et le regard incessamment fixé sur une porte qui, d'après ses idées, devait ouvrir dans le cabinet du séducteur de Séraphita.

A l'entrée de Paul, Fabiani ne se dérangea pas. Paul vint à lui, et après l'avoir regardé quelques instans en silence, il dit :

— Vous êtes la personne qui désirez parler à M. le comte de Castellemar ?

Fabiani fit un signe de tête, et ne bougea point.

— M. de Castellemar ne peut pas vous recevoir en ce moment, reprit Paul en accentuant fortement chacune de ses paroles, afin d'attirer l'attention du prétendu marquis italien.

Celui-ci continuait de regarder la porte qui faisait face à la cheminée, et semblait ne pas apercevoir qu'on lui adressait la parole.

— Je vous répète, M. de Belmonti, dit Paul en élevant la voix.

— Et pourquoi ? demanda Fabiani sans s'émouvoir ; si j'étais un homme de rien, il pourrait craindre d'importunes sollicitations ; je viens lui rendre un service et non mendier une faveur.

— Un service ! répéta Paul en étouffant un éclat de rire ; en effet, il est des démarches auxquelles beaucoup de gens donnent ce nom ; ce sont d'officieux amis, pour la plupart — car c'est ainsi qu'ils s'intitulent — qui pour satisfaire une haine ou se venger d'une offense, sont trop prudens pour en demander satisfaction et assez lâches pour recourir à la calomnie qui ne tue pas, mais qui flétrit ou déshonore.

— Quel est votre emploi dans cette maison ? demanda Fabiani en examinant curieusement Paul de Saint-Aignan.

— A quoi bon cette question ?

— Si au lieu d'un habit brodé vous eussiez porté la soutane d'un abbé, je croirais que M. de Castellemar a daigné me faire connaître le précepteur d'un de ses enfans... Vous parlez comme un sage, monsieur, mais à vingt ans, ce langage est déplacé dans votre bouche... Ne m'interrompez pas; je suis venu ici pour y rencontrer le comte de Castellemar! Je sais qu'il est dans cet hôtel, et si l'imbécile étiquette m'a contraint, pendant deux heures, à rester dans ce salon pour y attendre le bon plaisir du comte, croyez bien, monsieur, que ce ne sont pas de puériles excuses qui me feront renoncer à une visite à laquelle j'attache un haut prix; c'est assez vous dire, je pense, combien vos questions seraient indiscrètes faites en votre nom, ou déplacées, si M. de Castellemar espérait savoir ce qui m'amène chez lui sans vouloir me recevoir.

— Il y tient, se dit Paul en jetant sur Fabiani des regards courroucés; certes, si je parvenais à l'attirer en dehors de cet hôtel, il aurait la parole moins fière et le regard plus humble... mais du scandale ici, ce serait une insigne imprudence!... Que faire?

Fabiani, qui s'était levé pour répondre aux questions que Paul lui adressait, venait de se rasseoir le plus tranquillement du monde. Tout-à-coup la porte, sur laquelle son regard était incessamment fixée, s'ouvrit avec fracas : le comte de Castellemar et le marquis de Saint-Aignan sortaient du cabinet dans lequel ils étaient enfermés ; ils paraissaient être du meilleur accord, et la haine, qui les avait jusqu'alors empêché de se prodiguer de ces témoignages qu'une franche amitié autorise et permet, cette haine semblait n'avoir jamais existé entre eux.

Le comte s'approcha de Paul, et, sans égard pour Fabiani, qui s'était levé et se tenait la tête découverte, le corps légèrement incliné, à quelques pas du groupe formé par les deux nobles seigneurs et le jeune homme dont les interpellations l'avaient choqué, le comte frappa familièrement sur l'épaule de Paul, en disant, avec le ton de la bonhomie :

— Eh ! bien, chevalier, êtes-vous satisfait de l'entretien que je vous ai procuré? Mademoiselle Charlotte de Castellemar n'est-elle pas la personne la plus spirituelle et la plus aimable qui se puisse trouver?

— Monsieur le comte, elle est belle, sans doute, mais...

Fabiani ne le laissa pas achever; il s'avança, et, s'adressant au comte de Castellemar :

— Je suis là, monsieur, et vous n'avez peut-être pas le dessein de me mettre dans la confidence de vos projets d'avenir?

Le comte de Castellemar toisa dédaigneusement l'Italien, et lui demanda, d'un ton où perçait l'ironie la plus amère, quelle affaire si importante l'amenait à son hôtel.

— A vous, comte de Castellemar, à vous seul, je le dirai!

— Vous êtes étranger?

— Et Napolitain, comme mon billet a dû vous l'apprendre.

— Votre billet! — Et le comte fit un pas vers la porte. — Est-il nécessaire de sonner mes gens pour vous dire que votre présence ici est importune? demanda-t-il fièrement à Fabiani.

L'Italien répondit que cela ne lui paraissait pas urgent.

— Au surplus, ajouta-t-il, je vois qu'il est nécessaire de vous rappeler certains souvenirs, afin de vous convaincre que l'entretien que je sollicite ne peut m'être refusé.

Le comte de Castelleinar fit un mouvement d'impatience; le marquis de Saint-Aignan et Paul se dirigèrent vers la porte du salon pour laisser à l'étranger la liberté de parler en particulier au comte; mais ce dernier les engagea à rester, et après un instant d'hésitation, il ordonna à Fabiani de le suivre dans son cabinet.

— Volontiers, dit l'Italien.

Et quand ils furent entrés, et que le comte eut refermé la porte de son cabinet, il dit :

— Nous sommes seuls; qui êtes-vous? que me voulez-vous?

— Je vous ai dit que j'étais Napolitain, reprit Fabiani; quant à ce qui m'amène près de vous, il doit suffire, je pense, de vous rappeler Naples et Florence!

— Naples et Florence! répéta le comte en regardant l'Italien d'un air étonné; ces deux villes me sont inconnues.

Fabiani jeta sur le comte un regard courroucé, et, se rapprochant de lui, il ajouta d'une voix sourde :

— M. de Castellemar, si Naples et Florence ne vous ont pas laissé de souvenirs, certaine chanteuse du théâtre Saint-Charles, du nom de Séraphita, a dû nécessairement laisser dans votre ame une impression profonde...

Le comte ne paraissait pas comprendre ce que Fabiani lui disait, et il répétait le nom de Séraphita en regardant l'Italien, dont l'attitude respirait l'impatience et le dépit.

— Et Séraphita aussi ! s'écria Fabiani ; vous l'avez oubliée!..... Ah! monsieur le comte, votre dissimulation ne me donnera pas le change! je saurai bien vous forcer à réparer votre faute, à rendre l'honneur et le repos à votre victime!

Le comte de Castellemar cherchait à lire dans l'ame de Fabiani; son regard scrutateur interrogeait la physionomie muette et impassible de l'Italien, qui s'exaspérait du sang-froid avec lequel le séducteur de Séraphita l'entendait évoquer des souvenirs qui devaient réveiller en lui des regrets, à défaut de remords poignans; mais comme Fabiani s'était tracé d'avance la tâche qu'il voulait accomplir, il ne s'arrêta point aux dénégations muettes qu'on lui opposait.

— Comte de Castellemar, dit-il d'une voix ferme, je suis venu ici pour accomplir un devoir; une jeune femme, sage et belle, a été séduite, déshonorée par vous; et après avoir satisfait votre passion, vous l'avez abandonnée..

— Vous êtes Napolitain, interrompit le comte de Castellemar en souriant ironiquement.

— Ne le savez-vous pas! répliqua brusquement Fabiani.

— Et vous prétendez me connaître, moi, comte de Castellemar, qui, suivant vous, me serais rendu coupable d'une séduction...

— Abominable! infâme! s'écria Fabiani dont la colère s'augmentait à chaque instant; oui, monsieur de Castellemar, je vous accuse d'avoir déshonoré une femme en employant la violence, le rapt!

— Vous êtes fou! dit le comte d'un accent impératif.

— Pas autant que vous le pensez, reprit Fabiani; ma hardiesse vous étonne sans doute, et vous vous demandez ce qui peut me donner l'audace de venir vous braver en face et vous dire : Comte de Castellemar, vous rendrez l'honneur à votre victime en l'épousant...

Le comte ne put retenir un éclat de rire bruyant.

— Mais ne riez pas, Monsieur, lui dit Fabiani, et songez qu'il y va de votre honneur, de votre vie, peut-être !

— Des menaces ! ah ! prenez garde, vous qui savez si bien défendre les intérêts de la malheureuse Séraphita ; prenez garde ! Je puis être indulgent pour un insensé privé de sa raison, je serais inexorable envers un assassin qui oserait me menacer de son stylet. Sortez! monsieur; sortez! et j'oublierai ce qui vient de se passer entre nous.

— Sortir! répéta lentement Fabiani; non, monsieur le comte, non; je ne sortirai pas de cet hôtel avant d'avoir obtenu la réparation de votre faute.

— Demandez réparation à celui qui vous a offensé, dit le comte, et non à moi, qui ne sais ce que vous voulez dire avec votre chanteuse du théâtre Saint-Charles, et vos souvenirs de Naples et de Florence!

— Ainsi, vous niez votre crime!

Le comte de Castellemar prit la main de Fabiani, et le conduisit devant la glace de la cheminée:

— Regardez-vous, lui dit-il.

— A quoi bon, demanda Fabiani.

— Sont-ce les traits d'un fou que cette glace reflète en cet instant, ou ceux d'un intrigant qui voudrait, à l'aide d'un stratagème grossier, obtenir de moi une somme d'argent ?

L'Italien fit un mouvement de colère, et, se penchant à l'oreille du comte, il répondit :

— Je ne suis ni un fou, ni un intrigant ; mais un homme qui ne manque pas de résolution et de persévérance ; vous allez en juger. Il y a deux ans environ que j'aime une femme, dont la beauté et l'esprit m'ont subjugué ; amant discret, j'ai adoré cette femme comme on adore Dieu : dans un saint respect ; sa vertu, à laquelle je ne croyais pas d'abord, sa vertu a été comme un talisman qui la préservait de toutes les entreprises coupables que la passion qui me maîtrisait me suggérait... Je voulais qu'elle m'appartînt par des liens indissolubles.... qu'elle fût ma femme!... Ce bonheur que je rêvais allait se réaliser lorsqu'un homme parut. C'était un grand seigneur qui s'enveloppait des voiles du mystère pour satisfaire plus aisément ses passions désordonnées; il vit ma Séraphita et il l'aima; mais afin de ne point échouer dans l'entreprise qu'il méditait, ce grand seigneur eut recours à un enlèvement; la *prima dona* du théâtre Saint-Charles disparut; tout-à-coup, et pendant quinze mois, je parcourus l'Italie pour la retrouver. Toutes mes recherches avaient jusqu'alors été vaines; désespéré, j'allais passer en France, lorsqu'aux portes de Florence, et dans une misérable auberge, je rencontrai Séraphita. Ce n'était plus cette femme brillante, respirant le bonheur et la joie; la *prima dona* du théâtre Saint-Charles avait perdu cette gaîté et cette insouciance qui formaient son caractère; elle pleurait l'absence d'un perfide, la lâcheté d'un homme qui avait abusé de mots sacrés pour la tromper..... et cet homme, monsieur de Castellemar, cet homme, c'était vous!

— Vous êtes la dupe d'une erreur bien grossière, lui répliqua le comte avec tranquillité; je n'ai jamais voyagé en Italie, et à l'époque à laquelle vous faites remonter ma présence à Naples, j'étais en Angleterre, à Douvres, où me retenait une mission diplomatique.

— Monsieur le comte, le Castellemar que je viens chercher en France était à Naples, où le retenait une mission diplomatique; il est au moins étrange que la même cause vous ait fait quitter votre pays à la même époque et pour remplir une même mission... Douvres ou Naples, qu'importe! puisque vous persistez à nier; il me reste prouvé, à moi, que vous n'étiez pas en France : donc vous voyagiez en Italie, puisque j'ai entre les mains des preuves du séjour que vous y avez fait.

— Des preuves!... ah! mon frère! murmura le comte en souriant, vos quarante-cinq ans n'ont pu vous préserver de faire une éclatante folie dont on m'accuse gratuitement aujourd'hui.... N'importe! gardons le silence; il n'est peut-être pas difficile de réduire cet Italien bavard à un silence absolu.

— Eh bien! monsieur de Castellemar, dit Fabiani en se croisant fièrement les bras, que dites-vous de tout ceci? suis je encore à vos yeux un fou ou un misérable intrigant?

— Peut-être bien tous les deux, répondit le comte en haussant les épaules.

— Comte de Castellemar, pesez bien vos paroles.

— Homme, dont j'ignore et le nom et l'état dans le monde, réfléchissez à la démarche que votre zèle imprudent vous a fait faire, et dites-moi si je dois oublier vos injures ou songer à m'en venger ?

— Vous ne craignez donc pas le scandale? dit Fabiani.

— As-tu jamais vécu en prison? lui demanda le comte.

— Je puis vous déshonorer publiquement, M. de Castellemar.

— Et moi, il m'est facile de me débarrasser de toi en te faisant renfermer dans un des cachots de la Bastille.

— Pour empêcher ce que vous craignez, n'est-ce pas?

— Pour imposer silence à des calomnies qu'il ne me plaît pas d'éclaircir en ce moment.

— Eh bien, monsieur le comte, essayez un peu de faire usage de cette puissance que vous avez entre les mains; mais songez qu'il restera encore une voix pour vous accuser, et un bras pour vous punir.

En disant ces mots, Fabiani quitta le cabinet du comte, qui le suivit en disant :

— Que le protecteur de Séraphita, la *prima dona* du théâtre Saint-Charles, renonce au ridicule projet enfanté par son cerveau malade, et je lui promets d'oublier ses menaces et ses propos inconvenans.

Fabiani haussa les épaules, et traversa

lentement le salon où M. de Saint-Aignan et son fils attendaient la fin d'un entretien qui inquiétait vivement Paul; au moment où le comte parut, une troisième personne s'avança à sa rencontre en disant :

— Mon frère, je vous donne le bonjour.

— Son frère ! répéta mentalement Fabiani; lui aussi ! un Castellemar ! lequel des deux est le coupable?

Et il sortit de l'hôtel du comte en se disant :

— N'importe ! l'un d'eux a été à Naples! Allons, je ne pourrai accomplir seul ma tâche... Séraphita m'y aidera !

FIN DU PREMIER VOLUME.

[illegible]

[illegible]

[illegible]

[illegible]

[illegible]

[illegible]

[illegible]

[illegible]

[illegible]

[illegible]

[illegible]

[illegible]

[illegible]

TABLE DES CHAPITRES

DU PREMIER VOLUME.

PREMIÈRE PARTIE.

LA CHANTEUSE.

DEUXIÈME PARTIE.

DOUBLE INTRIGUE.

TROISIÈME PARTIE.

LEQUEL DES DEUX?

FIN DE LA TABLE.

Fontainebleau, imprimerie de E. JACQUIN.

SOUS PRESSE :

LES VIEUX PÉCHÉS

PAR AUGUSTE RICARD et MAXIMILIEN PERRIN.

2 vol. in-8. 15 francs.

Le Château de Saint-Félix,

OU

LES DEUX FAMILLES,

Par le baron LAMOTHE-LANGON. 2 vol. 15 fr.

LA

Maîtresse de mon Fils.

2 VOL. 15 FRANCS.

LA PRIÈRE DU SOIR

Par Mme JUNOT D'ABRANTÈS.

2 vol. in-8. 15 francs.

ETIENNE SAULNIER,

roman historique.

PAR Mme JUNOT-D'ABRANTÈS.

2 vol. in 8. 15 fr.

Publications Nouvelles.

ROMANS EN VENTE :

LE

BOUQUET DE LA REINE

roman historique

PAR AMÉDÉE DE BAST. — 2 VOL. 15 FR.

JADIS ET AUJOURD'HUI,

PAR AUGUSTE RICARD.

Deux volumes in-8. — Prix : 15 francs.

La Loge

ET LE SALON

PAR E. GUÉRIN ET LE BARON BILDERBECK.

2 vol. 15 francs.

LA NIÈCE DU CURÉ.

Par le baron LAMOTHE-LANGON. 2 VOL. 15 F.

Nouvelles Publications.

JADIS ET AUJOURD'HUI

Par AUGUSTE RICARD. — 2 vol. in-8. 15 fr.

BLANCHE

Par Madame JUNOT D'ABRANTÈS, 2 — vol. in-8. 15 fr.

LE BOUQUET DE LA REINE

Roman historique par AMÉDÉE DE BAST. — 2 vol in-8. 15 fr.

RAPHAEL

Par le duc D'ABRANTÈS. — 2 vol. in-8. 15 fr.

LA LOGE ET LE SALON

Par E. GUERIN. — 2 vol. in-8. 15 fr.

LA VALLÉE DES PYRÉNÉES

Par la duchesse D'ABRANTÈS. — 2. vol. in-8. 15 fr.

LA CLOCHE DU TRÉPASSÉ

Par le baron de LAMOTHE-LANGON. — 2 vol. in-8. 15 fr.

Imprimerie de Jacquin, à Fontainebleau.

www.ingramcontent.com/pod-product-compliance
Lightning Source LLC
Chambersburg PA
CBHW070211030726
47505CB00006B/1641

* 9 7 8 2 0 1 9 6 0 2 1 9 2 *